そして、私の中の何かが決壊した。
「わ、私は……、自由になりたいです……。
オルンさんと、キャロルやログ、
ルゥ姉と探索者を続けたい！
お姉ちゃんとまだ一緒に居たい！」
ソフィア・クローデル

「……すごく楽しそうだな」
「はい、愉しいです！女性同士の会話では、こういったコイバナ？をするのがお約束らしいですよ」
セルマ・クローデル
ルシラ・N・エーデルワイス

「……ルーシーのそういった
どうでもいい情報は、
どこから仕入れているんだ、
全く……」
「ふっふっふ。
王女の情報網を
甘く見られては
困ります！」
ルーシーが『ドヤァ』という
効果音が聞こえてきそうな、
自慢気な表情を浮かべている。
ローレッタ・ウェイバー

「……ぷはぁっ！
店員さんもう一杯くださ～い！」
キャロルが、上機嫌にコップに半分ほど
残っていた酒を一気に飲み干すと、
すぐに店員におかわりを注文していた。
キャロライン・イングロット

勇者パーティを追い出された器用貧乏
～パーティ事情で付与術士をやっていた剣士、万能へと至る～
6
Author
都神樹
Illust.
きさらぎゆり

Contents

イラスト／きさらぎゆり
デザイン／ムシカゴグラフィクス
編集／庄司智

プロローグ　新たな標的

《シクラメン教団》幹部の一人である《博士》オズウェル・マクラウドは、サウベル帝国の帝城内にあるとある一室の中で、椅子に腰掛けながら物思いにふけっていた。

(ゲイリーが死んだだけでなく、農場《ファーム》まで失うことになるとはねぇ。今後の楽しみが減ったなぁ……。はてさて、これから何をして時間を潰そうか)

「《博士》、皇帝がそろそろ我慢の限界みたいよ」

オズウェルと同じ部屋に居た姉弟の姉——ルエリア・イングロットが、疲れた表情でオズウェルに声を掛ける。

その声を聞いたオズウェルは顔を顰《しか》めながら、思考の海から戻ってくる。

「めんどくさいなぁ……。ルエラの方で適当に相手しておいてくれない?」

「それは勘弁して。あのオジサンの無能ぶりを目の当たりにすると、斬り殺したい衝動に駆られるから」

「物騒なこと言うね」

「私をこんな風にした張本人がそれを言う?」

「それを言われると返す言葉が無いんだけどね。はぁ……、俺の方で適当に宥《なだ》めるか。全く気が乗らないけど」

「――でしたら、貴方《あなた》が面白がりそうな情報をお渡ししましょうか？」

テンションがだだ下がり中のオズウェルが、なけなしのやる気をかき集めて皇帝の元へ向かおうとしたところで、開かれた扉から声とともに男が部屋の中に入ってくる。

その人物は、《博士》の助手として農場《ファーム》の管理を任されていた若い男――スティーグ・ストレムだった。

「……よく俺の前に顔を出せたな、スティーグ」

彼を視界に捉えたオズウェルが発した声はとても低いものだった。

対してスティーグは、オズウェルの変化を気にした様子も無く、いつもの邪気のなさそうな笑みを浮かべていた。

「農場《ファーム》の件でしたら、あれは不可抗力です。私が残っていたとしても《白魔《はくま》》殿を止めることはできませんでした。あの場に居たのが《博士》でも、それは変わらなかったのでは？」

「わかっている。ただの八つ当たりだ。それで、何の用だ？」

「改めてご挨拶を、と思いまして」

「……挨拶だと？」

「はい。この度、ベリア様より《羅刹《らせつ》》の名を拝命し、《シクラメン教団》幹部の末席に加わらせて頂くことになりましたので、幹部の皆さんにご挨拶をしていまして」

「ふーん、殊勝なことだな」

「これが、人間関係なるものを構築する第一歩と聞きましたので。それと、不可抗力とはいえ、ゲイリーの処分に農場《ファーム》の喪失と、《博士》にはご迷惑を掛けてしまいましたからね。そのお詫《わ》びとして、こちらを差し上げます」

スティーグはそう言うと収納魔導具から紙を出現させる。

それから、その紙に記載されている内容が読めるように、オズウェルの机の上に広げた。

「……新聞？」

スティーグが広げたのは、ツトライルにあるブランカという新聞社が以前発行した新聞だった。

「ええ、その通りです。これは《博士》が興味を惹《ひ》かれる記事だと思いましたので、購入してきました」

オズウェルが怪訝《けげん》な表情を浮かべながら、ざっと記事に目を通す。

「……もしかして、キャロラインが生きていたってことが言いたいのか？」

その新聞の記事は、《夜天《やてん》の銀兎《ぎんと》》の第一部隊《Aランクパーティ》にスポットが当てられた内容となっている。

その中でも《黄昏《たそがれ》の月虹《げっこう》》については、元勇者であるルーナやSランク探索者セルマの妹であるソフィアのこと、パーティメンバーの全員が異能者であることなど、他のパーティよりも詳しい内容が書かれていた。

「まさか。アレはもう用済みでしょう。そんなのよりも興味深い人物がいませんか？　異能に詳しい貴方なら気付けると思うのですが」

スティーグの煽《あお》るような言葉を受けて、オズウェルが顔を顰めながら、今度は注意深く記事を読んでいく。

「……ん？　《黄昏の月虹》の全員が異能者だと？」

オズウェルの呟《つぶや》きに、スティーグが笑みを深める。

「えぇ、そうです」

オズウェルの頭の中で、暇つぶしとなる新たな実験内容が構築されていく。

「なるほどねぇ。異能者の姉を持つ異能者、か。もしも、この血筋が、俺の欲するものを持っているのであれば、あぁ……、それは、是が非でも手に入れたいな！」

「喜んでいただけて何よりです。わかっていると思いますが、狙い目はダルアーネですよ」

「……あぁ、そうだな。くくくっ。これは面白くなりそうじゃないか！」

文字通り悪魔の囁《ささや》きに耳を傾けたオズウェルが、昏《くら》い笑みを浮かべながら、これからのことを夢想していた。

第一章　迷宮攻略の旅

◇　◇　◇

「鶏肉《とりにく》のバター焼き、鶏肉と長ネギの串焼き、肉と野菜のポトフ、豚肉の甘酢かけ、川魚の塩焼き、ハッシュドポテト、それから――」

フウカが、まるで何かの呪文を唱えているかのように、次から次へと料理名を言っていく。

「え、えぇっと……」

フウカによる呪文詠唱のような注文が終わると、それを聞いていた店員が困った顔をこちらに向けてくる。店員だから口にしていないのだろうが、その顔には「そんなに食べられるのか」とはっきり書かれているように見えた。

俺の隣から「最初から飛ばしすぎだろ……」と、呆《あき》れたような声を零《こぼ》したハルトさんが、店員の方を向いてから口を開いた。

「冗談だと思うだろうが、きちんと食べるから、全部持ってきてくれ」

「わ、わかりました。それでは、料理ができ次第順次運ばせていただきますね」

「あぁ、よろしく頼む」

店員が注文を料理人に伝えるべく、俺たちの元を離れていった。

俺たちは現在、ノヒタント王国にあるケグリスという町に来ている。

先日、俺とフウカとハルトさんの三人は、この国の王女であるルシラ殿下より依頼を受けた。その依頼というのが、王国内にあるいくつかの迷宮を攻略するというもの。

そして、攻略対象である迷宮の一つがこの町の近くにあるため、今日はここで一泊して、明日早速攻略に乗り出す予定だ。

「フウカがよく食べる人だというのは知っていましたが、いつもこんなに食べているんですか？」

身体《からだ》が資本である探索者《おれたち》にとって食事は重要なものだ。しかし、先ほど注文した料理を全て食べるとなれば、相当苦しいはず。本来なら明日の迷宮攻略に支障が出てもおかしくない量だが……。

「まぁ、大抵はこれくらいだな。おかげで《赤銅の晩霞《ウチ》》はいっつも素寒貧《すかんぴん》状態だ」

ハルトさんが俺の質問に答える。その内容は愚痴そのものだが、本気でフウカを責めるようなものではなく、面白半分に言っているようだった。

「その分、私は稼いでる」

ハルトさんの愚痴にフウカが反応した。相変わらず表情の変化が乏しいが、なんとなくハルトさんの発言にムッとしているように見える。

「へぇ、お前がこんな会話に入ってくるなんて珍しいな。差し詰め、『オルンに変な印象を持たれたくない』と言ったところか？」

「……別に、そんなのじゃない。ハルトが私のせいでウチが貧乏だって言ったから、それに反論しただけ」

ハルトの言葉に、フウカは顔を背けながら言葉を発する。それはまるで、バツが悪い子どもが言い訳をしているようにも見えた。

ハルトさんも似たようなことを思っているのか、「ふ〜ん」と言いながら微笑《ほほえ》ましいものを見ているような表情をしていた。

「なんか、その表情ムカつく。絶対二人とも失礼なこと考えてる。斬っていい？」

俺たちの表情を見たフウカが、ジト目で物騒なことを言いだす。

「これ以上弄《いじ》ると本当に抜刀しかねないな。料理も来ることだし、食事にしようぜ」

ハルトさんがそう言い終えると、ちょうど店員が料理を持って現れた。

ハルトさんは【鳥瞰《ちょうかん》視覚】という異能を持っている。

その異能は視界を任意の場所に転移させるというものだ。本来なら死角となる場所すら視《み》ることができるため、非常に使い勝手の良《い》い異能だと思う。

それで厨房《ちゅうぼう》や周囲の状況を確認していたため、いち早く料理が運ばれてくることが分かったのだろう。

フウカは運ばれてきた料理に目を輝かせていて、既に俺たちに対する怒りは霧散しているようだ。

それから視線を俺の方へと移動させ、「食べていい？」と問いかけてくる。

何故《なぜ》俺に許可を求めるのか不思議だったが、特段触れる必要も無いと考えて頷《うなず》く。

「それじゃあ、いただこうか」

俺の声を聞いたフウカとハルトさんは、「いただきます」と言ってから食事を口に運ぶ。

料理を食べてもあまり表情に変化が無いフウカだが、彼女の纏《まと》う雰囲気は幸せそうなものになっていた。


しばらく経《た》つと、テーブルの上には空の皿が多く置かれていた。

俺もハルトさんも充分に腹を満たしたため、食事にはもう手を付けていないが、フウカは相変わらず目の前の料理を嬉《うれ》しそうに食べている。

彼女は食事量こそ多いけど、ガツガツとはしておらず、食べている姿は上品だ。絵になりそうなその所作は見ていて飽きないし、フウカも満足そうなので、それ自体は問題無い。

だが、別の面で見過ごせない問題があるのも事実だ。

「……あの、ハルトさん」

「どした？」

「非常に言いにくいことなんですが、このペースだと、ダルアーネに着く前に活動資金が尽きます」

今回の迷宮攻略はルシラ殿下から依頼されたものとはいえ、実質的には国からの依頼だ。そのため、国から少なくない金額の活動資金を貰《もら》っている。

だが、この食事量がこれからも続くとなると、どう試算しても、全ての迷宮を攻略して最終目的地でありソフィーたちの故郷でもあるダルアーネに到着する前に、貰った資金は底を突く。

「ははは－、だよな－……」

俺の言葉に、ハルトさんも目を逸《そ》らして、現実逃避気味に乾いた声を漏らす。

「俺たち三人で中隊規模相当の食費が掛かったと言って、国が素直に信じてくれるとは思わないんですよね……」

「だな。俺が国側の人間だったら、間違いなく金をぼったくろうとしている、浅ましい探索者とか思わねぇ。それに王国は近々戦争を始めるんだ。戦争には莫大《ばくだい》な資金を投じることになるんだから、尚更《なおさら》俺たちに追加の金は払わねぇだろ」

「まぁ、俺個人の蓄えがある程度あるので、全ての金が尽きることは無いと思いますが――」

「いやいや！　オルンに金を出してもらう必要はねぇよ！　こうなることを見越して《赤銅の晩霞《クラン》》からも予算を割いているから、不足分はウチで出す。原因はウチの姫様なんだからな」

俺の提案をハルトさんが焦ったように遮る。

「そ、そうですか。それは、ありがとうございます。ですが……」

「オルンの言わんとすることはわかる。さっきも言った通り、ウチは金をあんま持ってねぇからな。だから、迷宮攻略時に少し寄り道して素材や魔石を採りたいんだが、それでもいいか？」

「はい、それは全く問題ありませんよ。俺個人としても、二人の戦闘は少しでも多く見たいので」

「さんきゅ。だが、フウカの戦闘はともかく、俺の戦闘なんか見ても、オルンが得られるものは少ないと思うがな」

「そんなことありませんよ。ハルトさんの氣《き》の操作は、改めて間近で見てみたいですから。去年、ハルトさんから氣について学びましたが、あの時教えてくれた内容が氣の全てではないですよね？」

「……なんでそう思うんだ？」

　こちらに向けてきているハルトさんの目が、まるで面白いものを見つけた時のようなものに変わる。

「そうでなければ、魔術が禁止されていた去年の武術大会で、二、、、戦連続相手の武器を破壊した現象を説明できないからです」

　ハルトさんの異能は先ほども言った通り【鳥瞰視覚】であり、この異能を拡大解釈しようが武器を破壊するなんてことは考えにくい。

　加えて、先日オリヴァーと一緒に巨大なスケルトンと戦った際、オリヴァーはハルトさんの武器破壊のようにスケルトンの腕を破壊した。

　それはつまり、物を破壊するあの現象は再現性のある技術と言えるということ。

　だったら、氣の操作で武器を破壊していると考えるのが、幾分か筋が通るだろう。

　俺の言葉を聞いたハルトさんが思案するように目を閉じると、視界の端でフウカが頷いたように見えた。

それから再び目を開けると、ハルトさんは不敵な笑みを浮かべていた。

「正解だ。俺がオルンに教えたのは基本部分だけだった。氣の操作は異能と同様、応用力のある技術だ。その応用ってやつはこの迷宮攻略ツアーの期間中に追々教えてやるよ」

「ありがとうございます。よろしくお願いします」

ハルトさんから氣の操作について更にレクチャーしてもらえる約束を取り付けたところで、フウカも全ての料理を食べ終わったため、俺たちは宿へと戻って明日の攻略のために早めに休んだ。

◇

翌朝、迷宮攻略の準備を整えた俺は、フウカとハルトさんと合流して、攻略対象の迷宮へと足を踏み入れていた。

迷宮の中は、一般的な洞窟のような場所だ。

「……ハルトさん、視ましたか?」

迷宮へと入り、慣れ親しんだ空気感に変わったところで、ハルトさんに問いかける。

「へぇ、オルンも気づいていたのか」

ハルトさんが感心したような声を漏らす。

「あれだけ悪意の籠った視線を向けられれば、流石《さすが》に気付きますよ」

俺たちが迷宮へと近づくにつれて、悪感情が乗っているとき特有の視線を強く感じた。

だが、すぐに何かを仕掛けてくるというよりは、俺たちを観察しているようにも感じたため、下手に刺激をしないようにと気付かないふりをして迷宮へと入ることにした。

こちらに【鳥瞰視覚】という、周囲一帯を視覚情報として捉えることができる仲間がいることも大きい。

そして、俺と同じく悪意の視線に気づき、異能を使ってその正体を確認しただろうハルトさんに確認を取ったということだ。

「まともに手を組むのは今回が初めてだってのに、俺の使い方を解《わか》ってるじゃねぇか」

「お褒めに与《あずか》り光栄です。それで、正体はわかりましたか？」

「連中は探索者の格好をしていたな。仮に連中が探索者を装った帝国の工作員だとしても、俺たちに気配を気取られている時点で程度は知れている。そこまで警戒する必要はねぇだろ」

探索者の格好、か。

連中の正体は帝国の工作員だと考えていたが、そうでないとするなら連中の目的はなんだ？

「――オルン、ゴブリン斬っていい？」

俺が思考していると、俺の警戒網に魔獣の存在が引っ掛かり、時を同じくしてフウカから戦っても良いか問われる。

この臨時のパーティでは、俺が代表兼パーティの指揮者を務めることになっている。

普通に考えれば、年長であり《赤銅《しゃくどう》の晩霞《ばんか》》の団長でもあるハルトさんが代表を務めるべきだとは思うが、彼が固辞したことと、フウカからの強い要望で、俺が務めることになった。

「あぁ、フウカに任せた」

ゴブリン一体を相手に連携の確認も無いだろうと考え、俺が戦闘許可を出す。

フウカはコクリと頷いてから、ゴブリンの居る方向へとゆっくり歩き出した。

ゴブリンが汚い声を上げながらこちらに向かって走ってきている。

フウカは左腰につけている収納魔導具から鞘《さや》に納まった刀を出現させると、それを左手で握った。

それから鯉口《こいぐち》を切って、いつでも抜刀できる状態にする。

直後、彼女の姿がブレると、その場から消えていた。

次の瞬間には、こちらに向かってきていたゴブリンの頭がぽとりと落ち、ゴブリンの更に奥へと移動していたフウカが、刀身を鞘に納めている。

フウカの今の移動は、縮地という移動方法だったはずだ。

武《ぶ》の極致に至った者のみに許された技法のひとつであると記憶している。

俺はフウカの剣捌《さば》きに見惚《みと》れていた。

それほどに無駄の一切を省いた洗練された動きだった。

「どうだ？　ウチの姫様の剣技は」

「ええ、見事としか言いようがありませんね」

　わかっていたことだが、俺が武術大会でフウカに勝てたのは、彼女が様子見をしていたことと、不意打ちが上手《うま》く嵌《はま》っただけの偶然の産物だったのだと改めて実感した。

　フウカの域に到達するには、まだまだ研鑽《けんさん》が必要だな。

　それから俺たちは、三人での連携を確認しながら、最短ルートで迷宮の最奥を目指して進んでいく。

◇

「二十層到着、と。予定通りここからは最短ルートではなく、魔獣が多くいる場所を経由しながら最奥を目指します」

　二十層入り口にある水晶をギルドカードに登録しながら、二人に改めて方針を伝える。

　事前に探索者ギルドから入手した情報では、この迷宮は二十三層構成で、その下に迷宮を迷宮たらしめている巨大な魔石——迷宮核《ダンジョンコア》が存在している。

　そして、二十層以降は魔獣の数が段違いに増えるとのことだった。ここから最奥までは、ちょうど良い狩場になる。昨日の夕食のときにも話していたが、少しずつでも金稼ぎはしておきたい。

「魔石と素材を集めながらってことだな。了解だ。……それと、ずっと思っていたんだが、オルン、俺にも敬語は使わないでいいぞ？」

「え、ですが……」

「今のお前は俺たちのリーダーなわけだしな。それにオルンに敬語を使われると、なんだかくすぐったいんだよ」

「……わかった。これからは敬語抜きで話させてもらうよ、ハルトさん」

「おう、よろしく頼むな」


寄り道をしながらも着実に最奥に向かって進んでいき、二十二層も半ばまで消化したところで、これまで以上に魔獣がわらわらと現れた。

低位の魔獣のため一体一体は弱いものの、俺たちが今居る場所はそこまで広くない通路だ。そこに何十体も来られると進路を塞がれることになる。

それにしても、魔獣が多いことは事前情報で知ってはいたが、二十層も二十一層もこれよりは断然少なかった。

この数は流石に異常じゃないか？

最前線でディフェンダーであるフウカが魔獣を斬りつけ、一定以上こちらに魔獣が近づかないように立ち回ってくれているが、それでは現状維持にしかならない。

このままフウカに殲滅《せんめつ》してもらうという手もあるが、彼女一人に任せるのは気が引ける。

俺たち全員で戦える状況を作りたいところだ。

「ハルトさん、一時的にでも道を空けたいんだけど、そういう手段ある？」

頭の中で、記憶しているこの迷宮の地図と現在地を照らし合わせながら、ハルトさんに問いかける。

もしハルトさんにその手段がない場合は、攻撃魔術で一掃する方向に切り替えるが、まだ余裕がある内に二人の引き出しを確認しておきたい。

「一時的でいいのか？」

「あぁ、一時的で構わない。もしかして簡単すぎるオーダーだった？　何なら押し寄せてきている魔獣を全部倒してもらってもいいけど？」

「あー、藪蛇《やぶへび》だったな。全滅はちと面倒だから、一時的に道を空ける方で」

「了解、それじゃあ頼む！」

特に気負った様子もなくハルトさんがそう口にすると、重心を下げて、その場で拳を構える。

すると、ハルトさんの右手の周囲が、陽炎《かげろう》のように揺らぎ始めた。

（この揺らめきは魔力じゃないな。とすると、これは氣か？）

「フウカ、行くぞ！」

ハルトさんが、前線で舞うようにして魔獣を斬りつけ続けるフウカに声を掛ける。

フウカがハルトさんの声に対して、「うん」と返答したところで、ハルトさんは身体を捻《ね》じる。

「俺らの王様の命令だ。道を空けろ、魔獣ども！」

ハルトさんが声を上げながら左足を踏み込むと、腰を回転させ、体重の乗った右拳を振り抜いた。

ハルトさんの右拳から撃ち出された空気の揺らめきが、魔獣の群れを通り過ぎる。

そして、その進路上に居た魔獣は、ひき潰されたように身体をひしゃげさせ、黒い霧へと変わる。魔獣の居ない道が作り出された。

「【岩壁《ロックウォール》】！」

すぐさまハルトさんが空けた道が魔獣に塞がれないように、俺たちの左右に地面を隆起させて作り出した岩の壁で魔獣を妨害する。

「ハルトさん、後二回、同じことできるか？」

「へっ、問題ねぇ！　五回でも十回でも、どんとこいだ！」

「だったら、このまま岩の壁の間をしばらく直進してくれ。しばらくすると、右に曲がる通路があるから、そこでもう一度道をこじ開けてくれ」

「了解だ、王様！」

「……その、『王様』ってのは何だ？」

「ははは、ノリだよ、ノリ。俺たちのリーダーなわけだし、王様も間違っちゃいないだろ」

「いや、間違ってると思うけど……」

「細かいことは気にすんな！　んじゃ、行くぞ！」

俺たちは軽口を叩《たた》きながら、魔獣の群れを強引に突破していき、開けた場所へと到着した。

先ほどの通路では三人で戦うほどのスペースが確保できなかったが、ここなら問題無く戦える。

「これで動きやすくなった。――さぁ、殲滅開始だ！」

俺の声を皮切りに、フウカとハルトさんが動き出す。

俺たちは全員、単騎でも余裕でこの魔獣どもを相手取れるだけの実力を持っている。

そんな俺たちが、互いの死角を補うように連携しながら戦えば、結果は火を見るよりも明らかだ。

攻撃魔術を使わずとも、大した時間を掛けることなく、大量の魔獣を全て魔石に変えることができた。

「いや〜、大量大量！　これで多少は食費を賄えるな」

地面に落ちている魔石や素材を、ハルトさんが上機嫌に回収している。

「フウカはさっきみたいに魔獣の群れを相手にする場合に備えて、何か広範囲を攻撃できる手段を持っているのか？」

俺は魔石を回収しながら、同じく回収しているフウカに問いかける。

「ある。だけど私は一騎打ちとか少数戦が得意だから、そういうのは、そういうのが得意な人に任せてる」

フウカらしい割り切りだな。

俺はどんな状況にも対処できるように、様々な技術を取り入れるようにしているが、フウカは逆に、自分の不得意分野はそれが得意な人に任せるという考えのようだ。

それも間違った考え方ではないし、そもそもフウカの場合は、集団を相手にするのが得意ではないだけで、一人でも対処できるだけの実力を持っているのは間違いないだろう。

「なるほどな。可能であればでいいが、近いうちにその広範囲の攻撃手段を見せてくれないか？

——っと、フウカ、ハルトさん！」

フウカに話しかけていると、俺の警戒網に再び複数の魔獣が引っ掛かる。

俺が二人に魔獣のことを伝えようとしたが、既に二人とも魔獣を捕捉していた。

「あぁ、わかってる。だが、これは解《げ》せないなぁ」

ハルトさんが、魔獣たちの居る方向を見ながら眉を顰《ひそ》めている。

俺もハルトさんと同意見だ。

「た、助けてー！」

俺たちの視線の先では、探索者の格好をした青年が、魔獣から逃げるようにこちらに向かって走ってきていた。

そういえば、この迷宮に入る前に感じた悪意の籠った視線を向けてきた連中の正体が、探索者の格好をした人たちだったとハルトさんが言っていた。

そして、こちらに向かってきている青年も探索者の格好、か。

迷宮に居るんだから、探索者の格好をしていても何もおかしくないのだが、やはり何かが引っかかる。

「……フウカ、アイツが俺たちに害をなそうとしているところが視えたら、即座に捕らえてくれ。多少痛めつけて構わない。魔獣は俺が狩る。魔石稼ぎに丁度良いしな」

俺の指示を聞いたフウカがコクリと頷く。

それから俺たちと青年の距離が次第に縮まり、フウカが動き出す。

「——なっ⁉」

いきなりフウカが接近してきたことに、青年が驚きの声を上げて抵抗しようとする。

しかし、そんなものがフウカに通用するわけもなく、フウカが刀の柄頭《つかがしら》を青年の鳩尾《みぞおち》に打ち付ける。

青年が地面に倒れたところを視界の端に捉えながら、俺は右手で握っているシュヴァルツハーゼの刀身に、魔力を収束させていく。

「——天閃《てんせん》！」

シュヴァルツハーゼを振り下ろし、【重力操作】と【瞬間的能力超上昇《インパクト》】を乗せた漆黒の斬撃を放つ。

漆黒の斬撃が発する重力に引き寄せられるように、一ヵ所へと集まった魔獣たちの中心で漆黒の魔力が拡散し、周囲に破壊をまき散らす。

魔獣どもが全て魔石に変わったところを確認してから、青年の方へと視線を戻す。

「ごめん、もっと手加減するべきだった」

意識を失った青年を確認していると、フウカが謝罪の言葉を漏らした。

「いや、仕方ないさ。これからも探索者の格好をした連中が何かしてくるかもしれないから、警戒しながら進もう」

青年から情報を吐かせたかったが、あの程度の攻撃で意識を失うとは。

ハルトさんの『程度は知れている』という言葉に信憑《しんぴょう》性が出てきたな。

◇

意識を失った青年を二十三層入り口にある魔除《まよ》けの効果もある水晶の傍《そば》に放置してから、他に妨害が無いか警戒しながら奥へと歩を進めたが、俺たちは難なく迷宮の最深部までやって来た。

だが、当然このまますんなり迷宮攻略完了とはいかなかった——。

「死ねや！　ツトライルの探索者!!」

ハルトさんから伝えられていた事前情報の通り九人の探索者の格好をした人間が俺たちを待ち受けていた。

俺たちが最深部に足を踏み入れた瞬間、髭《ひげ》を蓄えた四十過ぎのおっさんが大声を上げる。

そして、探索者たちが魔導兵器のようなもので俺たちを攻撃してくる。

「問答無用かよ……」

連中のある意味潔い行動にツッコミを入れつつ、左手を前に突き出しながら発動待機をさせていた【反射障壁《リフレクティブ・ウォール》】を発動する。

念のため【反射障壁《リフレクティブ・ウォール》】が破られた場合の対策も用意していたが、これだけで事足りた。

放たれた攻撃魔術が灰色の半透明の壁に触れると、遡行するように探索者たち目掛けて飛んでいく。

「――っ⁉　回避しろ！」

おっさんが指示を出して、全員が魔術を躱《かわ》すことに必死になっている。

探索者たちの意識が魔術の方へ向いた瞬間、【重力操作】で連中の居る場所の重力を増幅する。

「――なっ⁉　いきなり、身体が、重く……」

上手く回避行動が取れない探索者たち目掛けて、反射した攻撃魔術は進み続ける。

死なれるのも寝覚めが悪いため、連中に【抵抗力上昇《レジストアップ》】を【三重掛け《トリプル》】で掛ける。

攻撃魔術が探索者たちを襲い、大きな爆発に包まれた。

魔術で煙を吹き飛ばすと、そこにはボロボロな恰好《かっこう》で増幅した重力に耐えられずに地に伏せている探索者たちが居た。

ひとまず、死にそうなやつはいないな。

「一瞬で制圧かよ。やるな、オルン」

ハルトさんの感心したような声が聞こえた。

「どうも。――さて、と。お前らは何で俺たちに攻撃を仕掛けてきたんだ？　理由によってはタダじゃ済まないぞ？」

冷淡な声で探索者どもに質問を投げかける。

コイツらが俺たちを好ましく思っていないだろうことはわかるが、問答無用で殺しに掛かって来るほどの理由が思い当たらない。

俺たちはこれからも各地の迷宮を攻略していく。

その度に同じような妨害を受けたくないからな。

事前に潰しておける問題なら、解消しておくべきだろう。

「そんなの、お前らが、迷宮《ここ》を攻略しようと、しているからだろうが……！　俺たちの生活の基盤となるこの迷宮を！」

俺たちがやって来た時に最初に声を上げていたおっさんが、俺を睨《にら》みつけながら声を荒らげる。

「……そんな理由で？」

命すら奪おうとしてきたのだから、深刻な理由があるのかとも思っていたが、下らない理由すぎて、つい本音が漏れてしまった。

「っ！　お前らにとっては、大したことない理由だろうな！　だが、俺たちはこの町に住んで、ここで魔石や素材を採るのが仕事なんだよ！　ここを失えば、俺たちは生きていけないんだ！　見逃してくれ！　頼む！」

呆れてモノが言えないとはこのことか。

現在、帝国が迷宮を氾濫させる術を持っている可能性が極めて高いこと。

それによる被害を可能な限り減らすために、氾濫が起きた際に軍隊を派遣できない土地にある迷宮を俺たちが攻略していること。

それらの情報は、ルシラ殿下と国内の探索者ギルドが連携を取って、王国内で活動する探索者たちに周知されているはずだ。

「……話にならない。オルン、とっとと迷宮核を回収して、次の迷宮に向かおう」

俺と同じくこのおっさんの言い分に呆れたような感じのフウカが、探索者たちを無視して迷宮を迷宮たらしめている巨大な魔石——迷宮核へと向かおうとしている。

「ま、待て。待ってくれ！　ここが無くなったら、俺たちは……」

おっさんは俺たちの同情を誘おうとしていたようだが、それが無意味だと知り、焦ってフウカに待ったをかけた。

必死なその声音に、フウカが立ち止まり、振り返ってからおっさんを見下ろす。

その瞳はどこまでも冷たいものだった。

「先に手を出してきたのは、そっち。そしてオルンに負けた。勝者が全てを手にして、敗者は全てを失う。それが自然の摂理でしょ？　敗者の言葉も嘆きも、そんなものは空虚でしかない。諦めて」

「俺らが〝敗者〟だから、この安寧を奪われるっていうのか……？　抵抗すら許されないのか……？　そんな理不尽なことあってたまるかよ……！」

「抵抗すること自体を間違いだなんて言っていない。──でも、〝安寧〟なんて妄執に縋《すが》るのは止《や》めた方が良い」

「……妄執、だと？」

「そう。安寧なんて、こ、この世のど、こ、に、も無い。昨日と変わらない今日、今日と変わらない明日、それが当然と思っているなら、その考えは改めるべき。──平和なんて、当たり前と思っている日常なんて、いつ壊れてもおかしくない薄氷の上に成り立っているものでしかないのだから」

フウカは淡々と言葉を紡いでいる。

それなのに、その言葉にはある種の〝重さ〟があるように感じる。

フウカはキョクトウの出身だ。そして、その国では数年前に内戦が起こった。

彼女はその内戦を経験して、今の価値観を構築しているのだろう。

王国と帝国の戦争が間近に迫っているこの情勢下で、『平和だ』『安寧だ』と言っている人たちが、フウカを言い負かすだけの言葉を持ち合わせているわけがない。

「…………」

フウカは、自分の言葉に押し黙ってしまったおっさんを視界から外して、再び迷宮核へと近づき始めた。

……フウカに俺が言いたかったことを全部言われてしまったな。

俺も過去にいきなり両親や村の仲間を野盗に奪われた過去がある。

フウカの『当たり前と思っている日常が薄氷の上に成り立っている』という言葉は、まさにその通りだと思う。

だからこそ、俺はもう二度と理不尽に大切なものを失わないように力を求めているんだ。

──敗者には何も残らないから。

最奥であるこの空間の中心には、各階層の入り口にある水晶と同じ素材でできている柱が、天井まで伸びている。

その柱はちょうど真ん中辺りで断たれていて、下から伸びる柱と上から降りている柱に挟まれるようにして、迷宮核が宙に浮いている。

水晶の柱まで辿《たど》り着《つ》いたフウカが左手に持つ刀の柄に右手を添えると、居合斬りの要領で柱を斬りつける。

柱に斜めの線が走り、下から伸びる柱がその線に沿って滑るようにして倒れ、迷宮核が重力に従って落下し始めた。

フウカは落下していた迷宮核を難なく摑《つか》むと、こちらに向かって歩いてくる。

「……俺たちは間違っていたのか？」

この迷宮が攻略された瞬間を見ていた探索者のおっさんが呟《つぶや》く。

「さぁ、どうでしょうね。先ほど彼女が言っていた通り、もしも貴方《あなた》たちが俺たちに勝っていれば、また別の結末になっていたでしょう。確かに貴方たちは負けて、この迷宮という仕事場を失いました。でも、まだ〝命〟は残っているじゃないですか。〝探索者としての経験〟は残っているじゃないですか」

「どういう、意味だ……？」

俺の言葉に、おっさんはいまいちピンと来ていないようだ。

俺は、この迷宮を攻略したことを間違いだとは思っていない。

このままこのおっさんたちに同情してこの迷宮を攻略しなかったとして、ここが将来氾濫を起こし結果的にたくさんの人が死んでしまったら、それこそ後悔してもしきれないから。

だけど、おっさんたちにとって、俺たちが〝理不尽〟な存在であることも事実だ。

理不尽な出来事がどれだけ不条理なものなのか、それを俺は身をもって知っている。

だから、なんだろうな。

「この国は、近いうちに帝国と戦争をすることになります」

「それは、知っている」

「数十年前にジュノエ共和国で起こった北域戦争では、その数年の間に魔導兵器が過去に類を見ない速度で進化していったと言われています。それに伴って、迷宮素材の価格が高騰していったそうです」

おっさんは俺の話を聞きながらも、俺の言いたいことが上手く伝わっていないのか、反応が芳《かんば》しくない。

「わかりませんか？　それに近いことがこの国でも起こる可能性が高いということです。王国は魔導兵器の開発に力を入れることになり、その素材を手に入れることができる優秀な探索者を国は求めている」

ようやく俺の言いたいことが伝わったのか、おっさんは驚きの表情をしながらも、その瞳に新たな火を灯《とも》していた。

「ここから馬車で数日の距離にミガーフという街があるのはご存じですね？　その街には二つの迷宮があって、そのうちの一つが、大迷宮を除けば、国内最大級の迷宮となっています。そこで再出発してみてはどうですか？」

「……どうして、そんな話を俺たちに……？」

「深い理由はありませんが、強いて言うならば探索者の誼《よしみ》でしょうか」

「…………そうか。ありがとう」

おっさんはただ一言、そう呟いた。

これで、再起できる切っ掛けくらいにはなっただろう。

フウカや俺の言葉を聞いて、おっさんが何を思ったかはわからない。
でもまぁ、彼らの目を見れば、この人たちがどうするかは火を見るよりも明らかだな。

幕間《まくあい》　帰還命令

◇　◇　◇

早朝、早く目が覚めた私は《黄昏《たそがれ》の月虹《げっこう》》のみんなとの集合時間まで散歩しようと考えて、気が付くと、いつも来ている街から少し外れた場所にある丘の上にやってきていた。

「お姉ちゃん、大丈夫かな……」

太陽が顔を出したことで、薄く霞《かす》んだ月を眺めながら呟《つぶや》く。

一ヵ月と少し前、セルマお姉ちゃんはこの国の王女様と一緒にダルアーネに向かった。

王女様と友人であることはお姉ちゃんから聞いていたけど、こんな大変な時期に王女様がお姉ちゃんを頼ったということは、王女様にとってもお姉ちゃんが大きな存在ということだよね。

(やっぱりお姉ちゃんは凄《すご》いな～)

それは、すごく誇らしいことだと思う。妹としても鼻が高い。

だけど、お姉ちゃんが向かっている場所がダルアーネであること、それが心配でならない。

お姉ちゃんはお父様と喧嘩《けんか》をして、今もそれは続いたままだから。

その原因は私にある。

それが申し訳ないと思うと同時に、お姉ちゃんに愛されていることを感じることができて嬉《うれ》しくも思っている。

（私って、ズルいのかな……？）

ダルアーネは私とお姉ちゃんの父親であるクローデル伯爵が統治している領地で、正直あそこに居た頃の思い出は良《い》いものではない。

お姉ちゃんが探索者になってからは、お義母様《かあ》からの当たりも強くなったから、特に、かな。

あの頃はあの家が私の世界の全てであり、その世界における神様がお義母様だった。だから、お義母様を怒らせないようにと、静かに過ごすことに必死だった。

でも、お姉ちゃんに手を引かれて、私は新しい世界にやってきた。その世界は私にとって新鮮そのもので、全てが眩《まぶ》しく見えた。

そんな世界の中心にはお姉ちゃんが居て、みんなから頼られているお姉ちゃんの姿に感銘を受けたことは今でも覚えている。

いつも何かある度に家名を持ち出すお義母様と違って、お姉ちゃんは自分の力でその信頼を勝ち取っているとわかったから。

私もそんな世界にもっと入っていきたいと思って、探索者になることを決めた。

お姉ちゃんはそれに反対することもなく、私の決めたことを尊重してくれた時は嬉しかったな。

それからは、《夜天《やてん》の銀兎《ぎんと》》で探索者の基礎を学んで、キャロルやログと一緒にパーティを組んで、オルンさんという心強い師匠ができて、ルゥ姉という頼もしい仲間も増えて、私の毎日はあの頃とは比べ物にならないほどに、キラキラと彩られたものになっていた。

「あ、もうこんな時間だ。早く戻らないと集合時間に間に合わない……！」

これまでのことを思い出しながら、淡月や晴れ空を流れる雲を眺めていたらあっという間に時間が過ぎてしまった。

そのことに気が付いた私は、踵《きびす》を返してクラン本部へと帰宅する。


丘を下りて、なおも進もうとしたところで、横から出てきた馬車が私の前に停車した。

「――っ！」

疑問に思いながらも馬車を避《よ》けて進もうとしたところで、馬車に描かれているマークを見て私は息を飲んだ。

（なんで、この馬車がこんなところに……？）

私が突然の出来事に固まっていると、

「《夜天の銀兎》の本部に着く前に見つけられるとは、時間が省けて何よりだ」

馬車の中から燕尾服《えんびふく》を着た五十代手前の男が現れた。

「どう、して……」

燕尾服の男――アルドさんを見た私は思わず呟く。

アルドさんは長年お父様の右腕として働いている人物だ。私が生まれたときには、既に今の仕事をしていたと聞いている。

そして、あの家に居た頃に私を賤視《せんし》していた一人で、心無い言葉を投げられたことも一度や二度ではない。

アルドさんの顔を見て、過去に彼に言われたひどい言葉の数々を思い出してしまい、心が乱れていることがわかる。

「ど、どうして、アルドさんがここに……？」

「喜べ、お前に縁談だ」

私の戸惑いなど気にしていないアルドさんが、淡々と言葉を発する。

「…………え……？」

混乱しているところに、彼が更なる爆弾を投下してきたため、ついに頭の中が真っ白になる。

（エンダン？　エンダンって結婚とかの、あの縁談のこと……？）

クローデル家にとって私は居ても居なくてもどうでも良い存在、それがクローデル家に関わる者の共通認識のはず。

実際、お姉ちゃんに家から連れ出されたあと、クローデル家は私に無干渉だった。

だから私とクローデル家の繋《つな》がりはほとんど無くなったと思っていた。

だというのに、どうして今更……？

「わかっていると思うが、お前に拒否権は無い。もし拒否するというのなら、クローデル伯爵家は《夜天の銀兎》を敵とみなす」

「――――っ⁉」

クローデル伯爵家は王国の玄関口として、貿易の要所となる土地を統治していることもあって、伯爵位ではあるけど貴族の中でも強い影響力を持っているって聞いてる。

平常時なら《夜天の銀兎》の筆頭スポンサーであるエディントン伯爵やその派閥の貴族が防波堤になってくれると思うけど、今は帝国といつ戦端が開かれてもおかしくない状況が続いていて、エディントン伯爵はそちらに掛かりきりになっている。

そんな状況でクローデル伯爵家に敵対視されれば、《夜天の銀兎》も無傷では済まない。

(私の大切な場所が、私のせいで……。そんなのは、絶対ダメ！)

「それが嫌なら、貴族の娘としての〝責務〟を果たせ。それが領民全員の幸せに繋がる選択だ」

「は、い。わかり、ました……。あ、あのっ、せめて仲間にお別れの挨拶をしたいのですが……」

「そんなもの必要ない。ほら、とっとと馬車に乗れ」

最後の要望も却下され、私はアルドさんに手首を引っ張られ、半強制的に馬車へと乗せられた。

そして、私とアルドさんを乗せた馬車が動き出した。

私の頭の中は、挨拶もせずに消えてしまうことに対する仲間たちへの申し訳なさと、これからどうなるのだろうかという不安で占められていた。

幕間《まくあい》　感覚接続

◇　◇　◇

「あ、ルゥ姉、おかえり～。どうだった？」

私が《黄昏《たそがれ》の月虹《げっこう》》で借りている部屋へと入ると、先に中に居たキャロルが声を掛けてきました。

キャロルの問いに対して、私が目を伏せながら首を横に振ると、彼女と同じく部屋の中に居るログが表情を曇らせてしまいます。

彼らの反応からして、あちらも空振りに終わってしまったのでしょう。

「も～、ソフィーはどこ行っちゃったんだろ」

キャロルが悲しげな声を漏らしました。

私たちは今日も大迷宮を探索する予定で、普段と同じ時間にここに集合となっていました。しかし、約束の時間になってもソフィーがやって来ることは無く、珍しいなと思いつつもしばらく待っていましたが、一時間待っても彼女が現れることはありませんでした。

ソフィーは真面目な子ですし、これまで遅刻することもありませんでしたので、何かあったのかと心配した私たちは、手分けをしてソフィーが行きそうな場所を巡ることにしましたが、彼女を見つけることはできずに今に至ります。

「やっぱり、これは何かのトラブルに巻き込まれていると考えるべきか……？」

ログが顎に手を当てながら呟《つぶや》いています。

実のところ私もログと同じ考えに行き着いています。

もし、今ソフィーが怖い思いをしているのであれば、すぐにでも助けに行かないと……！

キャロルが兄姉と再会して辛《つら》い思いをしていた時、私は何もできませんでした。だから次こそは、私を仲間と言ってくれるこの子たちのために、私にできることは何でもすると決めていました。

そのタイミングが、今この時なのでしょう。

「……二人とも、今から集中します。少しの間、二人の声には反応できないかもしれませんが、気にしないでくださいね」

私は決意をしてから二人に声を掛けました。

「んー？　ルゥ姉、何するの？」

「ソフィーを見つけます」

「ええ⁉　そんなことができるの⁉」

「いえ、確実にできるとは言い切れません。むしろこの方法でも見つけられない可能性の方が高いでしょう。しかし、試せることは全部試してみたいのです」

私がそう言うと、二人は真剣な表情で頷《うなず》いた。

「ルゥ姉が何をしようとしているかはわからないけど、ルゥ姉ならできるよ！　頑張って！」

「ルゥ姉、僕たちに出来ることはある？」

「二人とも、ありがとうございます。二人はそのままで大丈夫ですよ。二人に応援してもらえていると思うだけで、力が湧いてきますので」

「応援なら、まっかせて～！　あたし、そーゆーの得意だから！」

「成功することを祈ってる！」

二人からの声援を貰《もら》った私は、目を閉じて深呼吸をしながら集中力を高めます。

私の周囲を漂う魔力や精霊がより明瞭に感じ取れ、その中に在る一際強い存在へと意識を向けてから、心の中で声を発しました。

『ピクシー、私の声が聞こえていますか？』

ピクシーは妖精の一体で、自由奔放な妖精の中では珍しく、何故《なぜ》かいつも私の傍《そば》に居てくれている存在です。

『え……？　ど、どうしたの……？』

『一つ、貴女《あなた》にお願いしたいことがあるのです。私のお願いを聞いてもらえませんか？』

『お願い……？　それがルーナのためになるなら、協力はするけど……。どんな、内容……？』

『お願いというのはソフィーを見つけていただきたい、というものです』

『ソフィーって、原初魔法の、あの娘……？』

『原初魔法、ですか？』

ピクシーの聞きなれない単語についオウム返しをしてしまいました。

『あ、えっと……、確か人間が【念動力】って呼んでる異能のこと……』

【念動力】が原初魔法？　どういうことでしょうか？　――っと、気になりますが、今はそれよりもソフィーの方が優先ですね。

『はい！　その子です！』

『合ってた……。うん、あの人間なら、今どこに居るか、すぐに見つけることはできるよ……』

『本当ですか⁉　では――』

『で、でも……』

『何か、問題があるのですか？』

『も、問題というほどではないけど……、捜しに行くとなると、ルーナの傍を離れないといけなくなるから……』

ピクシーは普段から私の傍に居ることに拘《こだわ》っています。私としても妖精に見守ってもらえていると思うと安心感があるため、特段問題としていませんでしたが、事ここに至ってはソフィーへと繋《つな》がる可能性がピクシーだけのため、ピクシーの協力を取り付ける必要があります。

『お願いします、ピクシー。ソフィーの居場所を見つけて頂けるのであれば、私にできる範囲で何でも一つ貴女の要望を叶《かな》えますから！』

『…………本当に、何でも……？』

『はい！　私にできることなら。ですので、今は貴女の力を貸してください！』

『……………わかったよ……』

私が懇願してから長い沈黙が続いたため、ダメかとも思いましたが、ピクシーが了承してくれました。

『ありがとうございます、ピクシー！』

『一時的にでもルーナの傍を離れるのは嫌だけど……、これからの、こ、こ、ことを考えると、一回ルーナに命令できる権利は持っておきたいから……。約束は守ってよ……？』

念を押してくるピクシーがどんな命令をして来るのか怖くもありますが、ピクシーはこれまでも私を助けてくれています。ピクシーが私の味方であることは疑う余地がありませんので、その命令も私に不利となるものではないでしょう。

『勿論《もちろん》です。この約束は絶対に守ります』

『うん、ルーナのこと信じてるよ……。それじゃあ、行ってくる……。大体の場所はもうわかってるから……。見つけたら、ルーナに伝えるね……』

その言葉を最後に、ピクシーの気配が遠くへ飛び去って行きました。

「ふぅ……」

「ルゥ姉、ソフィーは見つかった？」

私が息を吐いて緊張を解いていると、その変化に気付いたキャロルが質問をしてきました。

本当にキャロルは人の変化に目敏《めざと》いですね。

「いえ、まだです。ですが、妖精がソフィーの捜索に協力してくれたので、賭けには勝ちました。

……まぁ、変な約束を取り付けられることにはなりましたが」

「妖精というと、ルゥ姉の傍にいつも居るっていう、ピクシーが探してくれているってこと？」

「はい、そうです。どうやら妖精は、異能者であれば大体の居場所がすぐにわかるようですので、すぐにソフィーを見つけてくれると思います」

「おぉ！　超常的な存在である妖精の協力を取り付けるなんて、ルゥ姉はやっぱりすごい！」

ピクシーが協力してくれたことを知ったキャロルが『すごいすごい』と私のことを称賛してくれました。彼女の声音は裏の意図なんてものが無いとわかるものであるため、素直に受け取ることができます。こういうのは嬉《うれ》しいものですね。


『ルーナ、見つけたよ……』

それからしばらくして、ピクシーの声が頭の中に響きました。

すぐに周囲の気配を確認しましたが、ピクシーの存在は確認できません。これは、セルマさんの異能による念話のようなものだと考えて、私は心の中でピクシーに返答をします。

『本当ですか⁉　ありがとうございます！　それで、ソフィーは今どこに？』

『馬車？に乗ってる。男の人と一緒に』

『馬車ですか？　その馬車に特徴はありますか⁉』

『特徴……？　ごめん、わからない……』

基本的に妖精は、人間のことに無関心です。コミュニケーションも取れないのですから当然といえば、当然ですが。

（馬車に乗っているということは、どこかに移動していると考えるのが自然ですが、情報が足りませんね。馬車には基本的に所属を示すマークを付けているのが一般的なので、ピクシーが視《み》えているものが私にも視えれば手っ取り早いのですが……。――って、あれ？）

私は今、自分の考えに何か引っかかりを覚えました。

今の私とピクシーは、セルマさんの異能である【精神感応】に近いもので繋がっていると先ほど感じました。

【精神感応】は見えないパスのようなものを繋ぐことで、声を出すことなく意思疎通が図れるというものだと聞いています。

つまり、私とピクシーは、現在何か《ヽ》で繋がっていると言えます。

この状況を上手《うま》く使えないでしょうか？

声を届けることができるなら、妖精が視ているものを私も視ることができる、とか。

精霊と妖精は違う存在ですが、本質的には同じものです。【精霊支配】の異能を持っている私なら、妖精と感覚を共有することができる――根拠はありませんが可能な気がしています。

これはまるで異能を発現させたあの時と似たような感覚ですね。

駄目で元々、試してみる価値は充分にあるはずです！

『ピクシー、試したいことがあります』

『試してみたいこと……？』

『はい。私の異能で、今ピクシーが視ているものを私も視られないか試してみたいのです』

『感覚を繋げたいってこと……？　それは人間側に相当な負担が掛かるものだって、女王様が言ってたけど……』

女王様――ティターニアがそんなことを……？　つまり、私の考えは正しかったということですね。ソフィーの居場所や状況がわかるなら、やらない理由はありません。

『問題ありません。やります！』

『わかった……。それじゃあ、わたしとの繋がりを強く意識して……。細かいことはわたしがやるから』

『わかりました』

ピクシーの指示に従って、私はピクシーとの繋がりをより強く意識します。

すると、離れた場所に居るはずなのに、近くにピクシーが居るような感覚がありました。

『じゃあ、いくよ、ルーナ……』

『はい、お願いします！』

『【感覚接続《センスコネクト》】……！』

「ぐっ……！　……ぅ……うぅ……」

突如、頭の中に情報の激流が押し寄せ、その量の多さに頭が悲鳴を上げて、頭痛というかたちで主張してきました。

ある程度は覚悟していましたが、想像以上のことに立っていられず、その場にへたり込んでしまいました。

それでも思考は止めずに、ピクシーから送られてくる情報の精査をすることで、何とかピクシーが今視ているものが私にも視えるようになってきました。

「ルゥ姉！　どうしたの⁉　大丈夫⁉」

突然私がへたり込んでしまったため、傍に居てくれていたキャロルとログが驚きながらも私を心配してきます。

「だい……じょう、ぶです」

なんとか、二人に声を掛けながら、なおもピクシーの視ているものの確認を続けます。

しばらくその状態が続いて――、

『ピクシー、ありがとうございました。知りたいことは全部知ることができました。感覚を切ってもらっても良いですか？』

『うん、わかった……。ルーナ、大丈夫……？』

『大丈夫ですよ。私が望んだことですので、ピクシーが気に病む必要はありませんからね』

ピクシーにそう伝えると、情報の激流が収まり、一息を吐くことができました。

しかし、かなり疲弊してしまい、

「はぁ……はぁ……はぁ……」

完全に息が上がってしまいました。

「ルゥ姉……、ホントに大丈夫……？」

「はい……。大丈夫ですよ。心配かけてしまってごめんなさい。ですが、無茶した甲斐《かい》がありました。ソフィーの居場所がわかりましたよ」

「本当っ⁉」

「ソフィーは今どこに⁉」

「ソフィーは現在、クローデル伯爵家の馬車に乗って東の方角に進んでいます」

私がピクシーを通して視た光景は、クローデル伯爵家の家紋が描かれている馬車と、それに乗るソフィーの姿でした。

酷《ひど》いことはされていないそうでしたが、顔色は優れませんでしたね。

「東……？　それってダルアーネに向かっているってこと？」

私が伝えた内容から、ログがその馬車の目的地に当たりを付けました。

「ええ。馬車の目的地は、十中八九ソフィーの出身地であるダルアーネでしょう。私はこれからダルアーネに向かうつもりです。二人はどうしますか？」

「ルゥ姉、それは愚問だよ。僕もダルアーネに行く！　キャロルも行くよな？」

「勿論だよ！　ソフィーが自分の意思でダルアーネに行ったなんて考えにくいもん！　もしソフィーが無理やり連れていかれたなら、連れ戻さないと！　貴族だろうが、ソフィーの親だろうが、ソフィーから笑顔を奪うヤツは赦《ゆる》さない‼」

私の問いに、ログとキャロルは迷うことなくダルアーネに向かうと決めていたようです。

二人が珍しく本気で怒っているみたいですし、暴走しないように注意しないといけませんね。

私もクローデル家がソフィーの意思を無視して動いているのであれば、赦すつもりはありませんが。

「ふふっ、確かに愚問でしたね。では、三人でソフィーを追いかけましょうか――――！」

「「おぉ‼」」

私の声掛けに、二人が力強く返事をしてくれました。

今までの私は、《黄昏の月虹》の中で補佐や裏方に徹していたため、前に出ることはありませんでした。

その方針は今も変わりませんが、今回は毛色が違います。

戦争間際の情勢下で、尚且《なおか》つ向かおうとしているのは戦争の結果を左右すると言っても過言ではない、他国の使節団も集まっている場所です。

私ですら状況の見極めが難しい場面ですから、あの子たちの自主性を尊重するのは難しいと言わざるを得ません。

そのことは二人もわかっているのでしょう。今回の一件に関しては、私が前に出て二人を導かないといけませんね！

改めて自分のやるべきことを見つめ、疲れている身体《からだ》に鞭《むち》を打ってダルアーネまでの旅に必要なものを集めるために行動を始めました。

迷宮攻略をしているオルンさんも、最後はダルアーネに向かう予定と聞いていますから、何とか合流したいですね。

ソフィーの状況を聞けば、彼も黙っていないでしょうし。

幕間《まくあい》　妹のためにできること

◇　◇　◇

「《博士》、クローデル伯爵から、ソフィア・クローデルの引き渡しについて連絡が来たわよ」

ダルアーネ近郊にある迷宮の最奥へとやってきたルエリア・イングロットは、そこで迷宮核を弄《いじ》りながら何やら作業をしている赤衣の男――オズウェル・マクラウドへと声を掛ける。

「ようやくかぁ……。随分と時間がかかったなぁ」

ルエリアの報告を聞いたオズウェルが伸びをしながら声を零《こぼ》した。

「散歩感覚で大陸内を自由に移動できる《博士》の基準ではそうだろうけど、ツトライルからダルアーネまでの移動には相応の時間がかかるものよ」

「まぁ、そうなんだけどねぇ。ま、いいや。計画の第二段階が始まる前に、ソフィア・クローデルを手に入れられそうだし。それで良しとしないとね」

「教団が長年の時間を費やしてきた計画の第一段階が完遂間近というのは聞いたことあるけど、結局何をしていたの？」

《シクラメン教団》、延《ひ》いては教団のトップであるベリア・サンスの当座の目的は、邪神の復活である。

そのための下地作りとなる計画の第一段階には、途方もない時間が費やされてきた。

それが遂《つい》に終わりが見え始めたため、教団が計画を第二段階に移行させるのも時間の問題であるとオズウェルは考えている。

「うーん、端的に言えば、《異能者の王》によって消し去られたものを、元に戻していたようなものだね。ま、お前は深く考える必要のないことだ。お前は俺の手足として働くことに注力していれば、それで充分だからね」

「……そうね。愚問だったわ。それじゃ、ソフィア・クローデルの引き渡し日が近づいたら、また声を掛けるわ」

「あぁ、よろしく頼むよ」

ルエリアの報告を聞き終えたオズウェルは、再び自分の作業に戻った。

それを見て、ルエリアもその場を後にする。

◇

（ソフィア・クローデルの確保、か）

最奥から少し離れたところで待機している弟のフレデリックと合流すべく歩を進めながら、

ルエリア《わたし》は自分の過去、そして妹であるキャロラインのことが頭の中に浮かんできた。

私とフレデリック《フレッド》、そしてキャロラインは、幼少期に《シクラメン教団》の幹部の一人である《博士》によって誘拐された。

理由はこの三つ子の誰かしらが、【自己治癒】の異能を発現させると思われていたため。

《博士》のその推測は正しく、キャロラインが実験の過程で【自己治癒】を発現させた。

それから《博士》の興味の大半はキャロラインに移り、【自己治癒】の性能実験として非人道的な扱いを受けてきた。

《博士》の性格的に異能を発現する可能性が無くなり、興味の対象外となった私とフレッドは、本来なら殺されるはずだった。

だけど、《博士》の気まぐれなのか、私たちが殺されることは無く、薬物投与などによって後天的に超感覚を身に付けることになった。

私の場合は五感が鋭敏になり、運動能力に関しては常人を遥《はる》かに凌駕《りょうが》することになったし、フレッドの場合は人間が知覚できない魔力を捉えることができ、更には見ただけである程度その対象の魔力抵抗力を看破できるようになった。

戦うことを生業にしている軍人や探索者にとっては羨ましがられる能力だろうし、実際にこれのお陰で危険な場面を切り抜けることもできた。

今でこそ、この超感覚とある程度折り合いをつけることができたが、この感覚に目覚めた当初は地獄だった。

耳鳴りや吐き気は当然、全身を炙《あぶ》られているような痛みや身体《からだ》の中をぐちゃぐちゃにかき混ぜられているような感覚を常に感じていた。

肉体的にも精神的にも摩耗し続け、私たちの自我はほとんど崩壊していた。

私たちとは違う扱いを受けていたキャロラインを憎み、彼女に罵詈雑言《ばりぞうごん》を浴びせたり暴力を振るったりすることもザラだった。

今思えば、私たちと同じく辛《つら》い思いをしていたキャロラインに当たり散らして、姉失格としか言えないほど、私は最低なことをしていた。

それからしばらくして、何とか精神的に安定してきたころで、既にキャロラインが処分されていたことを知った。

その事実は私とフレッドを絶望させるには充分すぎるものだった。

他の人よりも世界を感じ取れるはずなのに、世界から色は消え失《う》せ、死んだように《博士》の命令を淡々とこなすだけの生活をしていた。

そんな私たちに転機が訪れたのが半年前。ノヒタント王国のレグリフ領で、死んだと思っていたキャロラインと再会した時だ。

その時の私たちの心情は筆舌に尽くしがたいものだった。

すぐにキャロラインを手元に置いて、三人で教団から逃げて静かに暮らしたいとも思った。

だけど、再会したキャロラインには、彼女を本気で心配してくれる仲間が居た。

それを見て、私とフレッドは迷うことなく同じことを決断した。

キャロラインの幸せのために、残りの命を使おうと――。


「それで、お姉ちゃん、どうするの～？」

過去のことを思い出していると、合流したフレッドが普段の間延びしたような口調で問いかけてきた。

「どうするって、何が？」

「ソフィア・クローデルの件に決まってるでしょ～？　彼女はキャロラインの仲間なんだから、そんな子が《博士》の手に渡ったら――」

「わかってるわよ。あの子にこれ以上悲しみを背負わせないためにも、《博士》の魔の手からソフィア・クローデルを救い出すわ」

フレッドが最後まで言いきるより先に言葉を被《かぶ》せる。

そして周囲に誰も居ないことを確認してから、私の考えている方針をフレッドに伝える。

「タイミングの良《い》いことに、近々教団は計画を第二段階に移行させると聞いているわ。その第二段階の初動には幹部全員が関わることになるらしいから、その時なら《博士》も自由に動くことができないはず」

「……つまり、《博士》がその計画に掛かりっきりになっている隙に、ソフィア・クローデルを逃がすってこと？」

「大まかにはそうね。まだ詰めないといけない部分が多々あるけど、《博士》が招集されるまで適当に理由をでっちあげてでも、ソフィア・クローデルを守ること、それが、これから私たちがやるべきことよ」

「うん、わかった」

私の話を聞いたフレッドが間延びした口調を封印して、真剣な表情で頷《うなず》く。

第二章　最後の迷宮

◇　◇　◇

早いもので、俺たちがルシラ殿下から各地の迷宮攻略を依頼されてから、既に二ヵ月近くが経過した。

もう三月下旬に差し掛かっている。

最初の迷宮攻略で現地の探索者の妨害が入ったように、各地で色々と想定外のことは起こっていたが、フウカもハルトさんもトラブルには慣れているようで、当初思い描いていた予定と大差無くここまで来ることができた。

資金面についても、俺の見込み通り王国から貰《もら》った活動資金では足りなかったものの、ハルトさんが別途用意してくれていた資金があったことで特段貧しい思いをすることなく、迷宮攻略の旅を進めることができている。

そして、俺たちは現在攻略対象となる最後の迷宮に足を踏み入れており、

（これで迷宮攻略の旅も終わり、か）

最奥へと続く階段を降りながら、俺は感慨に耽《ふけ》っていた。

結構長い旅になったけど、その分得るものは多くあった。近接戦闘のスペシャリストであるフウカの戦い方を何度も間近で見られたし、ハルトさんからは氣《き》の応用についても学べた。

この旅は確実に俺を成長させてくれたと、胸を張って言える。

このまま最奥で迷宮核を入手してこの迷宮の攻略も完了だ。

その後は、ダルアーネでルシラ殿下に各地の迷宮攻略が完了したことを報告し、セルマさんと合流してからツトライルに帰るだけだな。

そんなことを考えていると、ハルトさんから声が掛かる。

「オルン、最後にもう一つイベントが残っているらしいぞ」

ハルトさんの言葉こそ、これまでと同様に冗談混じりのものだったが、彼の表情はこの旅の中で一番真剣なものだった。

ハルトさんは【鳥瞰《ちょうかん》視覚】で最奥の状況を確認したのだろう。

普段以上に警戒網を広げることで、何かが引っ掛かった。

これは人間だな。

「最奥に何人か居るみたいだけど、また迷宮攻略を妨害しようって探索者か？」

人間を捉えることはできたが、そいつ等《ら》の所属まではわからない。

既に連中を視界に捉えているハルトさんに問いかけると、普段のおちゃらけた彼はそこにはおらず、真剣な表情のまま口を開く。

「それだったら良かったんだがな。連中はほぼ間違いなく、《シクラメン教団》の組織員だ」

「っ！　教団の組織員が迷宮に……？」

ハルトさんの言葉に、否《いや》が応《おう》でも緊張感が高まる。

俺だけでなく、フウカも表情こそ変わっていないが、纏《まと》う雰囲気は冷たいものに変化していた。

俺は《シクラメン教団》を明確な敵として認識しているが、それはフウカやハルトさんも同じのようだ。

元々、俺の後釜として《黄金《おうごん》の曙光《しょこう》》に加入したフィリー・カーペンターが、教団の幹部であることを教えてくれたのはハルトさんだった。

彼らにも、俺とは違う因縁があるのだろう。

「オルン、どうする？」

今年の初め、ルシラ殿下の護衛を依頼されて一緒に王都からツトライルに向かった際に起こった迷宮の氾濫は、最奥に居たゲイリーが引き起こしたものだった。

ということは、連中が最奥に居る理由も、意図的に氾濫を引き起こすためだと考えられる。

もしかしたらそれ以外の目的なのかもしれないが、どちらにせよ俺たちの利になることではないだろうな。

「このまま警戒しながら最奥に向かう。可能な限り生け捕りにして情報を吐かせたい」

俺が方針を伝えると、二人が頷《うなず》いたため、そのまま最奥へと向かう。

最奥へと辿《たど》り着《つ》くと、ハルトさんが言っていた通り、赤い衣服を着ている人間が四人ほど居た。

連中は俺たちが最奥に来たことを知ると、「もう来たのか……⁉」「くそっ、早すぎる……！」と、焦っているような声を漏らしている。

（俺たちを待ち受けるための準備をしていたというところか？　いずれにせよ、連中が俺たちに向ける目は、到底友好的なものではないな）

連中の動きを封じるべく、【重力操作】で連中の居る場所の重力を増幅させる。

「――【魔剣合一《オルトレーション》】、【零ノ型《モント・ヌル》】！」

加えて、シュヴァルツハーゼを流動的な漆黒の魔力に変質させてから、複数の鎖のようなものを形作る。

その漆黒の鎖が連中を拘束した。

鎖自体の重さも、【重力操作】によって常人では立っていられないほどまで重くしている。

連中はスティーグやフウカほどの実力者ではないようで、身動き一つ取れずにその場に倒れ込んだ。

「ぐっ……、なんだ、これ。重くて、動けな、い……」

「仕事が早ぇな、オルン。――さて、四人も居るんだし、二人くらい殺しても問題ねぇよな。誰を殺す？」

ハルトさんが動けなくなった教団の組織員に視線をやりながら、物騒なことを口にする。

しかし、彼の目を見る限り冗談で言っているようではない。

フウカもいつのまにか出現させていた刀を鞘《さや》から抜いている。

「おい！　すぐに始め——があぁっ⁉」

組織員の一人が仲間に命令しようと声を上げるが、その言葉が最後まで紡がれる前に、その人物の肩口をフウカの刀が貫いていた。

刀身の切っ先は地面まで届いている。

フウカの行動がこんなに速いのは何か良からぬ未来を視《み》たからか？

そんなことを考えていると、連中の居る地面から魔法陣が浮かび上がった。

フウカが地面に突き刺している刀の刀身が徐々に赤みを帯び始め、赤銅色に染まる。

（赤銅色の刀身。あれがフウカにしか扱えない〝妖刀〟が力を発揮するときに見せる変化か）

フウカの刀は普通の刀ではない。

キョクトウの国宝とされている、魔力とは似て非なる〝妖力〟を内包している刀らしい。

その妖力を扱う際には、今のように刀身の色が普段の鉛色から赤銅色に変わる。

妖力とは何か、妖力で何ができるのか、それについてこの旅の中でフウカに聞いたことがあるが、

『今は話せない。その時が来たら教える』と言われたため、妖力については俺もほとんど知らない。

だが、フウカが意味のないことをするとは思えないから、今ここで妖力を解放したことには、何

かしらの意味があるのだろう。

そんなことを考えながら脳内で術式を構築していると、地面に浮かび上がっている魔法陣がぼやけ始め、最終的に消え去った。

(なんだ……？)

魔法陣が消えた際の魔力の動きが変だった。

それは消えたというよりも、まるで、水の入った容器に穴が開いて、その穴から水が漏れだした時のように、突如現れた謎の空間に魔力が吸い寄せられたように見えた。

(――いや、今はそんなことを考えている場合ではない。今は教団連中の無力化が優先だ)

フウカが何かをしたことは間違いない。

しかし、それについて考えていると、それ以上考えるなと心の中の自分に言い聞かせられた。

「地面から離れろ！」

フウカに指示を出す。

「――っ！」

増幅している重力下で中々無茶なことを言っている自覚はあるが、俺の声を聞いたフウカは地面を蹴って垂直に跳ぶと、その勢いで地面に突き刺している刀を引き抜いた。

その刀身が徐々に普段の鉛色へと戻っている。

「――【地電流《アース・ショック》】」

フウカが空中に逃れたことを確認した俺は、構築していた術式に魔力を流して魔術を発動させる。

地面を伝い、地面に倒れ込んでいる組織員の身体《からだ》に電流が走ることで、四人は意識を飛ばした。

「オルン、ハルト、見えない攻撃が来る！　衝撃に備えて！」

空中に居るフウカが声を上げた。

その声音は普段とは似つかない張りのあるものだった。

【未来視】で何かを視たのだろう。

俺とハルトさんが衝撃に備えていると、突風のようなものが俺たちを襲い、後方へと吹き飛ばされる。

フウカの異能は【未来視】。

強力な異能ではあるが、彼女は欠点もあると言っていた。

【未来視】は、未来のフウカが見た光景を、現在のフウカが視るというもの。

つまり、フウカが得る未来の情報は視覚情報となる。

そのため、今回のような不可視の攻撃だと、どんな攻撃が来るかまではわからない。

フウカが視たのは、見えない何かに俺たちが吹き飛ばされる光景なのだから。

といっても、何かしらが来るとわかっていれば、最低限の対策は講じられる。俺もハルトさんも吹き飛ばされはしたが、大したダメージは負っていない。

後方に吹き飛ばされて一瞬だけ滞空していたが、即座に【重力操作】で地面に着地する。

そのまま地面を滑るようにして勢いを殺し、教団の組織員たちが倒れている場所に視線を戻す。

そこではうつ伏せの組織員は背中から、仰向けの組織員は胸から、まるで血管のような赤く細い線のようなものが上に向かって伸びていた。

そして、その四本の線の交点には、血液で作られた球体のようなものが膨張を続け、直径十数メートルほどまでデカくなったところで、膨張が止まった。

「なんだ、あれ……?」

隣に居るハルトさんが赤い球体を見て声を漏らす。

「二人とも気を付けて、大きいオオカミの魔獣が出てくる」

俺たちと同じように突風を上空で受けていたフウカが、その衝撃を上手《うま》く利用して俺たちの傍《そば》に着地してから、再び俺たちに注意喚起する。

フウカの注意と同じタイミングで、巨大な赤い球体の中からオオカミの遠吠《とおぼ》えのようなものが聞こえた。

そして、巨大な球体が弾《はじ》けると、そこには大迷宮のフロアボスのように巨大な、赤黒い毛並みをしたオオカミの魔獣がこちらを睨《にら》みつけていた。

血液で作られたオオカミ——さしずめ血狼といったところか。

(これは今年の初めに地上に現れた巨大スケルトンと似たようなものか? そう考えると、先ほど一瞬だけ浮かび上がった魔法陣も、スケルトンが現れたときのものに似ていた気がするな)

「コイツは教団の連中が呼び出したってことで良《い》いんだよな？」

血狼を見上げながらハルトさんが口を開く。

「……この状況で教団が無関係とは考えられないだろ」

ハルトさんの問いを肯定するように返答する。

「だったら、狩る以外の選択肢は、ねぇよなぁ！」

俺の返答を聞いたハルトさんが、煮えたぎるような殺気を血狼に向けながら吐き捨てる。

反対にフウカは、冷たく鋭い殺気を身に纏っていた。

二人ともやる気満々のようで何よりだ。

この魔獣の正体はわからないが、教団が関係していることは間違いない。だったら討伐以外の選択肢は無いな。

「迷宮攻略の旅を締《し》め括《くく》るには、丁度良い相手だな。やるぞ、二人とも」

「うん」「応！」

俺たちと同様、臨戦態勢に入った血狼が遠吠えをすると、奴《やつ》の周囲に魔力が集まり、無数の魔力弾が俺たちへ撃ち出される。その魔力弾には、地・水・火・風・氷・雷いずれかの属性が反映されていた。

（チッ、シュヴァルツハーゼとは距離がありすぎるか。……だったら！）

魔力弾を魔盾で防ごうと考えたが、鎖に変えていたシュヴァルツハーゼは遠くで教団の組織員を拘束しているため、俺の手元に引き寄せることができなかった。

「フウカ！　この弾幕の中、奴を斬ることは可能か？」

「可能。でも、少しだけ耐えて。そしたらこの弾幕を妨害できる」

フウカには既にこの後の展開が視えているのだろう。

「わかった。フウカに任せる！」

俺の声にフウカが「うん」と応じたことを確認してから、魔力弾の回避に専念する。

しかし、弾幕の密度は更に高まっていき、遂《つい》に魔力弾が俺とハルトさんを捉えた。

俺たちと接触した魔力弾が爆発する。

魔力弾が俺たちに直撃したことで血狼に若干の油断が生まれた。

――その油断を、フウカが待っていたとも知らずに。

僅かに攻撃の手が緩んだ瞬間、フウカが縮地で一瞬で距離を詰め、彼女の刀が血狼の右目を斬りつける。

血狼の悲鳴にも似た声が周囲に響き渡る。

俺は魔力弾の爆発によって発生した煙の中から飛び出し、血狼の死角となった右側に回り込みながらシュヴァルツハーゼとの距離を縮める。

俺が魔力弾の直撃を受けても無傷な理由は、氣の応用によるものだ。

迷宮攻略の旅の中で、俺はハルトさんから氣について更に深く学んだ。

その中の一つに、氣を体外へ放出させるというものがある。体外に放出した氣をクッションのように俺と魔力弾の間に挟むことで、魔力弾を防ぐことができたわけだ。

俺は氣を体外に放出しても身体の一部を守るのが精々だが、氣の扱いに長《た》けているハルトさんであれば、全身を氣で覆うことで全方位をカバーできる不可視の鎧《よろい》のようにできる。

俺もいずれはハルトさん並みの氣の操作を習得してやるつもりだ。

「――【陸ノ型《モント・ゼクス》】」

シュヴァルツハーゼを引き寄せられるところまで近づいたところで、漆黒の鎖を魔弓へと変えて、右手で握る。

それから収束魔力を出現させ、それを矢にして番《つが》える。

俺の視線の先には、血狼の頭上へと移動していたハルトさんが居て、

「うるせぇ悲鳴だな。少し黙ってろ、犬っころ！」

俺が準備している時間を埋めるように、血狼の額部分にかかと落としを叩《たた》き込《こ》む。

血狼は顔が地面に叩きつけられないよう踏ん張っていたが、地面には大きな窪《くぼ》みができていて、ハルトさんの攻撃の威力を物語っていた。

強烈な攻撃を頭に叩き込まれてよろめいている血狼に、漆黒の矢で追撃をする。

「――穿天《せんてん》」

貫通に特化させた漆黒の矢が血狼へと一直線に飛んでいき、血狼の心臓部を貫いた。

この一撃で奴は黒い霧へと変わるはずだった。

しかし、血狼の動きは止まらず、再び遠吠えを上げた。

すると、ドーム状になっている最深部全域で爆発や落雷が発生する。

「自傷覚悟の無差別攻撃かよ！」

ドーム内一帯に破壊がまき散らされる。

魔力の動きで攻撃を予測できる俺や【未来視】を持っているフウカはともかく、ハルトさんはこの攻撃を完全に見切ることはできない。

彼なら氣を纏うことで防御はできるだろうが、この爆発や落雷の威力は特級魔術にも匹敵するため、ノーダメージとはいかないはずだ。

「――【伍ノ型《モント・フュンフ》】！」

即座にハルトさんの元に移動して魔盾に変化させたシュヴァルツハーゼで、無差別攻撃からハルトさんを護《まも》る。

「悪ぃ、助かった！」

背後からハルトさんの感謝の言葉が聞こえる。

「どういたしまして！　それよりもハルトさん、アレの倒し方知ってる？」

「……恐らくアレは、改良された魔獣だ」

（改良された、魔獣？　そういえば、レグリフ領で教団の幹部であるオズウェルが『黒竜を再現し

た』と言っていたな。教団が魔獣を人工的に作り出す技術を持っていても不思議ではない、か）

「だが、生き物をベースにしている限り弱点は同じだ。心臓部、もしくは頭。胸がダメなら頭を潰せば殺せるかもしれねぇ」

「なるほど、一理あるな。だけど、さっきのハルトさんの攻撃でも潰せないとなると、あれ以上の攻撃が必要か。その準備時間は……、フウカが稼いでくれそうだな」

俺とハルトさんが会話をしている間に、フウカが血狼の首を落とすべく接近を試みていた。

しかし、血狼のフウカに対する警戒心はかなり高く、先ほど以上の密度の魔力弾を、近づいてくる彼女に撃ち出していた。

俺なら全てを躱《かわ》すことは不可能と断言できる弾幕の中で、フウカは難なく全てを躱す。

加えて、それだけに止《とど》まらず、弾幕の隙間を縫うようにして斬撃を飛ばすという神業で反撃までしていた。

ホント、戦闘面ではフウカに勝てる気がしないが、味方としては頼もしい限りだ。

血狼の体に斬り傷が増えていく。

それらの傷は深さこそそれほどではないが、血狼のヘイトは完全にフウカへと向けられていて、俺たちが自由に動けるようになる。

「――【壱ノ型《モント・アインス》】」

フウカと血狼が攻撃の応酬をしているうちに、魔盾を魔剣に変えてから、刀身の魔力を収束させる。

その隣ではハルトさんが右手に氣を圧縮させ、その周辺が陽炎《かげろう》のように揺らめいていた。

「ハルトさん、準備はいいか?」

限界近くまで魔力を収束させ、周囲の空間が歪《ゆが》み始めている魔剣を構えながらハルトさんに問いかける。

「あぁ、いつでもいいぜ。犬っころのドタマ、ぶっ潰してやるよ!」

俺の問いに、獰猛《どうもう》な笑みを浮かべていたハルトさんが答える。

これだけ力の塊をチラつかせていれば、血狼の注意も多少はこちらに向く。

だが、フウカという圧倒的強者を前に、意識を多少でも別へ向けるのは悪手だ。

と言っても、俺たちに無警戒だと、それはそれで良い判断とは言えない。

まぁ、要するに、コイツは既に詰んでいるというわけだ。

フウカへの警戒が下がった一瞬を彼女が見逃すわけもなく、再び刀身を赤銅色に染めてから動き出す。

その動きは氣を活性化させている俺でも捉えられなかった。

俺が見たのは、彼女の妖刀が描く赤銅色の軌跡のみ。

それが一瞬のうちに血狼の左後脚と腹部を通りすぎる。

直後、血狼の左後脚は斬り落とされ、腹部には深い斬り傷が刻まれていた。

先ほどの俺の穿天や無差別攻撃による自傷のダメージも相まって、血狼は既に大して動けないほど消耗している。

しかし、消耗はしていても生きている以上、反撃の可能性は残っている。

仕留めるまで油断はできない。

「——天閃《てんせん》!!」

そんな血狼の顔目掛けて漆黒の斬撃を飛ばす。

収束していた魔力が拡散し、その衝撃波が血狼を襲う。

俺の攻撃はダメージを与えることも目的ではあるが、主目的は本命であるハルトさんの攻撃を確実に叩きこむためだ。

拡散した漆黒の魔力に紛れるようにして、ハルトさんが血狼へと肉薄する。

「死んどけ、犬っころ！」

陽炎のように揺らめいているハルトさんの拳が、血狼の頭に振り下ろされる。

血狼の頭は陥没し、口や耳、目といった穴から血を吹き出して、遂に地面に倒れ込んだ。

念のために追撃用の術式を構築していたが、その必要は無かった。

血狼の巨大な体が黒い霧へと変わり始める。

魔獣は死ぬと黒い霧に変わり魔石だけが残るが、血狼は魔石すら残すことなく完全に消え去った。

◇

「いやぁ、意外と苦戦する相手だったな」

血狼が完全に消えたところで、普段の調子に戻ったハルトさんが口を開いた。

「お疲れ様、フウカ、ハルトさん。大迷宮深層のフロアボスとも遜色無い強さだったと思うから、この程度の苦戦で勝利できただけでも上出来だと思うよ」

今回、ここまで優位に戦えたのはフウカの存在が大きかった。

初《しょ》っ端《ぱな》の魔力弾の妨害にヘイト稼ぎにと、彼女が居なければ俺もハルトさんも、かなりのダメージを負いながらの戦闘を強いられていた可能性すらある。

戦闘中のフウカは、常に俺たちが動きやすいようにと立ち回っていた。

もしも、フウカ一人で血狼と対峙《たいじ》していたら、恐らく今の戦闘よりも楽に討伐していただろうとすら思えてしまう。

本当に上には上が居るものだ。

俺もいずれはフウカに追いつけるよう、これからも努力は怠れないな。

そんなことを頭の片隅で考えながら俺は、教団の組織員たちの元へと向かっていた。

しかし、既に全員が死んでいる。

そしてその姿は、惨《むご》たらしいものだった。

彼らの身体に水分は無く、干からびていてミイラ化している。

先ほど彼らから伸びていた赤い線は、見た目通り彼らの血液が主成分だったのだろう。

この人たちは血狼で俺たちを害するために、捨て駒にされたようなものだ。

相変わらず《シクラメン教団》は、救いようのないクズどもの集まりのようだな。

「こいつらに同情するつもりはねぇが、なんとも言えねぇ最期だな。せめて情報を吐いてから死んでくれよ」

俺の隣までやってきたハルトさんが、感情の無い目で教団の組織員たちの死体を見て呟《つぶや》く。

「生きていても、情報を素直に吐いてくれていたかはわからないけどね」

ハルトさんの呟きに返答しながら、俺は魔術で四人の死体を燃やす。

「オルン、ここの迷宮核」

そうこうしているうちに、フウカが迷宮核を俺に渡してきた。

「ありがとう、フウカ。――これで迷宮攻略も終わりだな。二人ともありがとう。二人のお陰でスムーズに迷宮攻略を終わらせることができたよ」

フウカから迷宮核を受け取り、俺は今回の旅の締めくくりとして、二人に感謝の言葉を伝えた。

「気にしないで。これは私たちにも益のあることだったから」

「だな。オルンの人となりも良く分かったし、収穫のある旅だったぜ」

また二人は意味深なことを言ってくる。

旅の中でこういった意味深な発言は多くあった。それらについて聞いてもはぐらかされてきたから、今回もはぐらかされるんだろうなと考えて、深くは触れなかった。

「それじゃあ、ルシラ殿下に完了の報告をするために、ダルアーネへ行こうか」

こうして、俺とフウカとハルトさん三人の迷宮攻略パーティによる、各地の迷宮攻略は終わりを告げた。

そして再び、俺は《夜天《やてん》の銀兎《ぎんと》》の探索者として、フウカとハルトさんは《赤銅《しゃくどう》の晩霞《ばんか》》の探索者として、南の大迷宮がある都市《ツトライル》で活動を再開することになる。

その時の俺は、そう思っていた。

そう、思っていたんだ——。

幕間《まくあい》　クローデル伯爵家

◇　◇　◇

「セルマ殿、今よろしいですか?」

ドレスを身にまとい貴族令嬢としての仮面を被《かぶ》って、他国の人間との懇親会という名のパーティーに参加していると、二十代後半の男性が声を掛けてきた。

彼の名前はライル・ハワード。ノヒタント王国の隣国であるストリス王国の公爵家に連なる人物だ。

「ライル様、お声がけいただき光栄です。此度《こたび》の件、ライル様が率先して賛同の意を表されたことが、こんなにも早く連合軍を組織する決め手となったと思っております。誠にありがとうございます」

伯爵令嬢としての笑みを浮かべながら、ライル様に感謝の言葉を告げる。

私がルシラ《ルーシー》殿下と一緒にダルアーネにやってきた理由は、これから本格的に始まる帝国との戦争に勝つために周辺諸国の協力を仰ぐためだ。

そして、ルーシーの呼びかけに応えて、ダルアーネに来てくれた他国の使者との交渉も無事に終わり、連合軍が組織できることが先ほど決定した。

「僕のやったことは大したことではありませんよ。ノヒタント王国には多大なご恩があります。こんな時こそ恩を返させていただかなくては、我が国の名前が泣くというものです」

ライル様が柔らかい表情で事も無げにそう言ってから、続けて口を開く。

「それにしても、お噂《うわさ》通りの美しさに驚きました。その美貌に加えて《大陸最高の付与術士》とも称される世界有数の探索者とは。セルマ殿の前ですと、『天は二物を与えず』なんて言葉は意味を為《な》しませんね」

突然私を持ち上げるようなことを言い始めたライル様に驚きながらも、表情から真意を読ませないように気を付けて、しばらくライル様と会話を続けた。

（はぁ……。やはり私には、この空気感が肌に合わないな）

私は、表面上フワフワしていて、その実ドロドロとしているこの雰囲気が肌に合わず、貴族社会から距離を置くために探索者になった。と言っても、探索者になってからも何度かはパーティーに参加している。

クローデル伯爵家の長女として生まれてきた以上、こういった催し物に出席するのも仕方ないことわかっていても、やはり気持ちは落ち込んでしまう。

今の私の上司に当たるルーシーは、そんな会場の中心でお手本のような笑みを浮かべながら様々な人との会話に花を咲かせていた。

私も自分の感情を押し殺して、何とか懇親会を乗り切った。

「ふふふっ、やはりパーティー会場でのセルマは新鮮で飽きませんね」

懇親会が終わり、今日の疲れを癒《いや》すためにクローデル伯爵家の浴場にて湯に浸《つ》かっていると、同じく湯に浸かっていたルーシーが、ころころと笑いながら私をからかってくる。

この国の王女であるルーシーと一緒に風呂に入るなんて、本来ならあり得ないことだ。

だというのに、どこで仕入れたのか、ルーシーが『キョクトウでは裸の付き合いというものがあるのです！』などと言い出して、この屋敷《やしき》で生活している間は一緒に風呂に入ることになった。

「私は探索者だからな。今回はお前の顔を立てるために出席したが、やはり私の肌には合わん」

ルーシーたちと風呂に入ることになった経緯を思い出しながら、ルーシーのからかいを往《い》なす。

「嫌なところに付き合わせてしまってごめんなさい。ですが、セルマが参加してくれたのは大きかったですよ！　なんたって《大陸最高の付与術士》として周辺諸国にも名が知られている美人探索者ですもの！」

「そうだね。セルマの異名や活躍を知っていても、実際にセルマを見たことのある人は少なかったからね。使者の皆もセルマと面識ができたことを喜んでいたよ」

ルーシーの言葉を肯定するように、同じく一緒に湯に浸かっているローレッタ《ロ ー レ》も口を開いた。

「……そうか。ルーシーや国のためになったのなら、参加した甲斐《かい》があったな」

「はい！　すっごく助かりました！　それにしても――」

ルーシーが変なところで声を止めると、彼女は視線を少し下げる。

「いつ見てもセルマのプロポーションはすごいですね。先ほど着ていたドレスも身体《からだ》のラインがくっきりとわかるモノでしたし、会場の男性はみんなセルマを見ていましたよ！　ストリス王国のライル様と話をしていたところなんて、すごく絵になっていました。ライル様もセルマにぞっこんなんじゃないですか？」

まるで新しいおもちゃを手に入れて喜ぶ子どものようなルーシーが、王女らしからぬことを口にする。

「お前は王女だろう。品性に欠ける発言は慎んだ方が良《い》いんじゃないか？」

「王女といっても一人の人間ですからね。友人である貴女《あなた》たちの前でまで、聖人君子で居ようとは思っていません！」

彼女はいつもなんてことない表情や態度で公務をしているらしいが、やはりずっと気を張っているのだろう。それは息苦しいだろうな。私たちと過ごしているこの時間が彼女の憩いになっているのなら良いのだが。

「それで、それで？　セルマはライル様のことをどう思っているのですか？　そろそろ私たちも結婚相手を探さないといけない年齢になってきましたし、ライル様は優良物件なのでは？　傍《はた》から見ているとライル様はセルマのことを憎からず想《おも》っているように見えましたよ？」

ルーシーが目を輝かせながら問いかけてくる。

「……すごく楽しそうだな」

「はい、愉《たの》しいです！　女性同士の会話では、こういったコイバナ？をするのがお約束らしいですよ」

「ルーシーのそういったどうでもいい情報は、どこから仕入れているんだ、全く……」

「ふっふっふ。王女の情報網を甘く見られては困ります！」

ルーシーが『ドヤァ』という効果音が聞こえてきそうな、自慢げな表情を浮かべている。

それにしても、結婚、か。

貴族の一員である以上、家のために結婚することは覚悟しているし、相手を選《え》り好《ごの》みするつもりはないが、叶《かな》うなら話の合う相手が良いとは思っている。

「私はまだ探索者で居たいからな。相手が誰であろうと、今は結婚をするつもりはない。……そういうルーシーはどうなんだ？　縁談の話が上がっていてもおかしくないだろう」

「そうですね。少し前までは王城内で縁談の話なんかもちらほらありました。帝国とのことがあって、そんな話をしている場合ではなくなりましたが」

ルーシーがそう言うと、これまで聞き役に徹していたローレが、含み笑いをしながら会話に入ってきた。

「セルマ、知ってる？　ルーシーは帝国との一件が無ければ、オルンを結婚相手として考えていたんだよ？」

「……は？　オルンって《夜天の銀兎《ウチ》》の探索者のか？」

ローレがいきなりとんでもないことを口にした。寝耳に水過ぎて、一瞬思考が止まる。

「ローレ⁉　いきなり何を言っているのですか⁉」

「何って、ルーシーが言っていたことじゃないか。『〝王国の英雄〟であり、帝国の第一次侵攻を防いだ真の立て役者である彼なら、騎士爵位を授けるには充分な功績だ』と」

ノヒタント王国における貴族の爵位は、公侯伯子男の五つの階級に分かれている。しかし、国が無視できないほどの功績を上げた平民であれば、一代限りの爵位として騎士爵を賜ることができる。

そんな人物は王国の長い歴史の中でも片手で数える程度だが、確かに国としてもオルンは確保しておきたい人材だろう。

探索者である以上、オルンがツトライルやこの国で一生暮らすという保証は無いわけだしな。

《夜天《やてん》の銀兎《ぎんと》》の探索者であるため、一時的に他国に行くことはあっても、他国に永住する可能性も低いが。

だがまぁ、オルンが爵位を欲しがるとも思わない。

無理やり取り込もうとしても良い方向には転ばないだろうことは、この一年間オルンと接した私なら容易に想像ができる。

「確かに言いましたよ⁉　でも、あれは冗談じゃないですか！」

ローレの発言に、私以上にルーシーが慌てふためいている。

相変わらず、人を手のひらの上で転がして愉しむようなやつなのに、こういうのには弱いんだな。

「そうだったのかい？　そう言ってた時のルーシーの表情は、本気そのものに見えたんだけどなー」

「そうやっていつも主《あるじ》である私をからかって！　そういうローレはどうなんですか？　結婚しないのですか？」

「私は婚約者がいるけど？」

「「えっ⁉」」

てっきりローレも結婚とは無縁の人間だと思っていたから、ローレの『婚約者がいる』発言には、ルーシーとともに驚きの声を上げてしまった。

「き、聞いてませんよ⁉　いつ⁉　いつ、婚約したのですか⁉」

「決まったのは昨年の秋ごろで、国も慌ただしい状況だったし、まだ両家しか知らないことだからね。あ、いや、王太子殿下は知っているか」

「何故《なぜ》、お兄様には話していて、主である私には話してくれなかったのですか⁉」

「うーん、強いて言うならその反応が見たかったから、かな？」

「そんな理由でっ⁉　おかしいです！　そんなの認めません！　今すぐ詳しく話してください！」

それからも三人で、まるで学生時代に戻ったようなひと時を過ごした。

近日中には王国と帝国の戦端が開かれるとも言われている。いや、まだその情報がダルアーネまで届いていないだけで、既に開戦している可能性もある。

曲がりなりにも私たちは王侯貴族の一員だ。

明日もまた王国のために働かないとな。

私が探索者に戻れるのはもう少し先になりそうだ。

◇

翌日、クローデル伯爵家の自室で目を覚ました私は、細々とした用事を済ませてからルーシーの元へ向かうために屋敷内を歩いていた。

（……ん？）

その移動中、なんとも言えない違和感が私を襲った。

そして、すぐにその正体がわかった。

それは、ここに居るはずのない人間の存在を私の異能が捉えたからだ。

『……ソフィア？』

『え？　お姉、ちゃん？』

頭の中にソフィアの声が響いた。

私の異能は【精神感応】。私を中心に、半径数キロ内に居る人間と言葉を交わさずに話ができるというものだ。

そして、その異能の拡大解釈で、異能の範囲内に居る人間を捉えることができる。

と言っても、その人物が誰かまで判断が付くのは、よく念話で話をしている人物のみとなる。

例えば、第一部隊のメンバーやエステラ、総長など。

しかし残念なことに、異能でその人物たちを捉えることができても、相手の居場所がわかるわけではない。なんとも活用しにくい能力だ。

当然、相手がわかる人物の中には、一番念話をしているソフィアも含まれる。

『あり得ない』、それが今私の頭の中に浮かんだ感想だった。

東の国境付近であるダルアーネから王国の中央部に位置するツトライルまで、念話を飛ばすことは不可能だ。なのに、【精神感応】でソフィアと念話ができるということは、ソフィアが私の異能の範囲内に居ることに他ならない。

『ソフィア、今どこに居るんだ……？』

『……まさか、最後にお姉ちゃんと話せるなんて……。お姉ちゃん、今までありがとうね。

……………さようなら』

『な、何を、言っている……？　おい、ソフィア！　どういうことだ⁉』

ソフィアはその言葉を最後に、私の念話に応じることは無かった。

今も【精神感応】はソフィアの存在を捉えている。それなのに返事が無いということは、彼女が自主的に念話を拒んでいることになる。

ソフィアの最後の声は、今にも泣きそうなほどか細いものだった。

「……一体、何がどうなっている？　私がツトライルを離れていた間に、ソフィアに何があったんだ……？」

突然の出来事に頭が混乱しているが、そんなことをしている場合ではないと自分に活を入れ、冷静になるように努める。

「ソフィアが自分の意思でダルアーネに来たとは考えづらい。だとすると、今のソフィアについて知っているのは……！」


ソフィアがダルアーネに居ると知った私は、ルーシーのところではなく、父上――クローデル伯爵の執務室へと向かった。

部屋の前までやってくると、勢いよく扉を開ける。

「……セルマ、ノックもせずに入ってくるのはあまり褒められたことじゃないぞ」

部屋に入ってきたのが私だと気づくと、私やソフィアと同じ緋色《ひいろ》の髪をした二十代後半の男が、私を諫《いさ》めるような柔らかい口調で声を掛けてくる。

彼の名前はマリウス・クローデル。私の兄であり、クローデル伯爵家の次期当主だ。

「無作法であったことは詫《わ》びる。だが、今は一刻も早く父上に聞きたいことがある。話しているところ悪いが、私の用件を優先させてもらっても良いか？」

兄上に謝罪をしてから、その奥で椅子に腰かけている父上を睨《にら》む。

「……全く。切羽詰まっているようだから、セルマの用件を先に済ませよう。親父《おやじ》、いいよな？」

私の横暴な要求に対して、兄上は苦笑するだけで、私の用件を優先してくれた。

兄上は幼少の頃に一番尊敬していた人物であった。優秀で、優しくて、領民からも慕われる文句のつけようのない男だ。妹である私にも色々なことを教えてくれて、私が失敗しても庇《かば》ってくれるような〝理想的な兄〟であった。

――私にとっては。

今でも兄上のことは尊敬している。

だが、彼が同じ妹であるソフィアには徹底的に無関心を貫いていることだけは納得ができない。

そんな兄上を責めたこともあるが、その時に『家の汚点に付き合っている暇は無い』と一蹴され、それから少しずつ私と兄の心の距離が離れていくことになった。

「あぁ、わかった。セルマ、手短に済ませてくれ」

「手短に終わるかどうかは、父上次第だ。私が確認したいことはただ一つ。――ソフィアに何をした？」

自分でも驚くほど低い声で父上に問いかける。

私の問いを隣で聞いていた兄上は眉を顰《ひそ》めたが、父上の表情に変化はなく、

「いったい何の話だ？」

あっけらかんと答える。

「惚《とぼ》けても無駄だ。私の異能は父上も知っているだろ？　ソフィアがこの領地内に居ることは既にわかっているんだ」

「親父、俺はそんな話聞いていないぞ。俺の妹を使って何か企《たくら》んでいるのか？」

私が父上を問いただしていると、兄上も一緒になって父上に問いかける。

兄上はソフィアに無関心であったはずなのに、何故、そんな不愉快そうな表情を……？

「……企みというほどの話ではない。ソフィア《アレ》に縁談の話が来てな、それに応じるために呼び戻しただけのことだ」

私と兄上から睨まれている父上が一つため息を吐《つ》くと、観念したように私の問いに答えた。

「ソフィアに、縁談だと……？　一体どこの家が……？」

「エルメト子爵家だ」

「エルメト子爵だと⁉」

父上が求婚された家について明かすと、兄上から驚きの声が上がる。かくいう私も想定外過ぎる相手に息を飲んでしまった。

私と兄上が驚いてしまうのも当然だ。エルメト子爵は帝国の貴族なのだから。

「相手が帝国貴族だなんて、何を考えているんだ、親父！　こんなの、下手すれば――」

「仕方がなかったんだ‼」

兄上が怒りの声を上げようとしたところで、それ以上の声の大きさで父上が怒鳴る。その声に兄上が黙ると、父上が再び口を開いた。

「国王陛下の訃報が届いてから少し経《た》った頃だ。エルメト子爵の使者を名乗る人間が秘密裏に訪れた――」

それから父上は、ソフィアの縁談に応じた理由を語り始めた。

端的に言うと、それは帝国からの脅しだった。

帝国が人為的に迷宮の氾濫を起こす術を手に入れていると知らされたこと。

この領地にある唯一の迷宮には、既に大迷宮の下層に生息していてもおかしくない強力な魔獣が多数生息していること。

ソフィアを帝国に引き渡せば、氾濫を起こさないと言ってきたこと。

「なんなんだ、その話は……。ふざけるなっ！」

その理由を聞いた私は、怒りで自分が変になりそうなのを必死に抑えながら、父上の胸倉に摑《つか》みかかった。

娘に摑みかかられるとは思っていなかったのか、父上が驚いた表情で私を見てくる。

「そんなふざけた話に乗ったのか⁉　相手は戦争中の敵国だぞ⁉」

「っ！　だったらお前は、領民がどうなっても良いと言うのか⁉　アレの身一つで領民の安全が買えるなら安い買い物じゃないか！　それにアレは曲がりなりにも貴族《おれ》の娘だ。だったら家のための結婚だって普通のことだろ！　それが貴族の責務というものだ！」

私の怒りに触れて開き直ったのか、父上は自分の正当性を主張する。

その主張を聞いた私の怒りは頂点に達した。

「ふざけるのも大概にしろよ……！　これまでソフィアを冷遇してきておいて、こんな時だけ娘扱いなんて、都合が良すぎるだろう！　確かに、貴族が家のために結婚をすることは当たり前のことだし、貴族の責務というのも否定しない」

私が父上の言い分の一部を肯定したことで、私を丸め込めたと思ったのか、父上が不敵な笑みを浮かべる。

「なんだ、わかっているじゃないか。その通り――」

「――だが、父上の主張にソフィアは当てはまらない！」

しかし、次の私の発言に、父上が呆気《あっけ》に取られたような表情に変わった。

「何を言っているんだ？　お前も今認めたじゃないか。『貴族が家のために結婚することは当たり前』だと」

「……ソフィアは貴族じゃないだろ！」

自分勝手すぎる父上の言動に、止《と》めどなく怒りが湧いてくる。

「平民の血が流れているから貴族じゃないとでも？　そんな屁理屈《へりくつ》が――」

「――違うっ!!　この国に於《お》ける貴族の定義を忘れたのか？　『貴族院を卒業し、政治的ないし法的な特権を社会的に許された者』、それが貴族だ。ソフィアは貴族院を卒業していないのだから、貴族ではない。父上と母上が、ソフィアからその権利を奪ったんじゃないか！」

私の言葉に父上が目を見開く。

「貴族《わたし》たち《たち》に責務が付きまとうのは、貴族《わたし》たち《たち》が特権を与えられている存在だからだ。だが、その特権をソフィアは持っていない。――特権を取り上げておきながら、責務だけを求めるなんて、そんなものは間違っている!!」

「……俺もセルマと同じ意見だ」

私の話を聞き終えた兄上が口を開いたため、父上から離れる。

兄上の表情には怒りがにじみ出ていた。

「アンタも、俺も、ソフィアを切り捨てたんだ。アイツはクローデル伯爵家の一員ではあるが、貴族ではない。この件は王女殿下にも報告する。アンタはいつも考えが足らないんだよ。やはりアンタは領主の器ではない。今すぐその座から引きずり下ろしてやるから覚悟しておけ」

「ははは……」

兄上が引導を渡すと、父上が小さく笑い出した。

「壊れたのか？」

笑いを止めない父上を怪訝《けげん》そうに見ながら呟《つぶや》く。

「俺を引きずり下ろすだと？　それは無理だ。なぜなら、ソフィアの引き渡しは今日なのだから。今頃、アルドがアレをエルメト子爵の使者に引き渡している頃だろうな」

「なんだと……⁉」

「事前に王家に言っても却下されるだけだが、婚姻が成立してしまえば、王家も私の作戦に乗るしかなくなる！」

「アンタの作戦？」

「アレに帝国をスパイさせるんだよ！　エルメト子爵家は帝国の軍部にも明るい家だからな。そこで知り得た情報をこちらに流してもらうのだ！　連合軍の組織が決まっても、我が国は未《ま》だ劣勢であることに変わりない。ルシラ殿下なら、きっと俺の作戦を追認せざるを得ないだろうよ！」

「っ‼　引き渡し場所はどこだ⁉」

「ふんっ、言うわけがないだろう」

私が問いかけるも、父上は馬鹿にしたような表情で、そう吐き捨てる。

父上から聞き出すことはできないと判断して、即座に引き渡し場所となりそうな候補地を頭の中でさらっていく。

そんなとき、

『――――セルマさん、聞こえる⁉』

頭の中で聞きなれた声が響いた。

何故この声が聞こえているのか、そんな疑問を覚えながら、念話相手の名前を頭の中で呟いた。

『――オルン？』

第三章　青天《せいてん》の霹靂《へきれき》

◇　◇　◇

血狼を斃《たお》し、迷宮の攻略を終えた俺たちは、報告のためにこの迷宮の管轄である探索者ギルドへと向かっていた。

「なぁオルン、ギルドへの報告が終わったら、ダルアーネに居る王女様に迷宮攻略完了の報告をしに行くってことで良《い》いんだよな？」

その道中で、ハルトさんが質問をしてくる。

「うん、その予定だ。何かダルアーネに向かう前にハルトさんの方で済ませておきたい用事があるなら、そっちを優先してもいいけど？　当初の予定通りに迷宮攻略が終わったから、まだ時間的には余裕あるし」

「いや、俺の方には特に用事とか無いんだが。……オルンが把握していないってことは、俺たちがツトライルを離れているうちに何かあったってことか？」

俺がハルトさんの質問に答えると、ハルトさんは何か考えているような表情でぶつぶつと呟《つぶや》いている。

「……それ、どういう意味？」

そんなハルトさんの様子に引っかかりを覚えた俺がその真意を確認すると、すぐさまハルトさんが答えてくれた。

「どういう意味って、そのまんまの意味だけど――」

ハルトさんの返答を聞いた俺は、すぐさま探索者ギルドの建物の中に入る。

ハルトさんが言っていた通り、そこにはこの場には居ないはずの、

「あ、師匠！　良かった！　合流できました！」

ログたち《黄昏《たそがれ》の月虹《げっこう》》のメンバーが居た。……いや、ソフィーが見当たらないから全員ではないか。

「お前たちが、何でここに？」

ハルトさんからこいつらが居ることを事前に聞かされていたから、ある程度落ち着いて声を掛けることができた。それでも頭の中には疑問符が大量に浮かんでいる。

「ししょー、あのね――」

「オルンさんがここに来たということは、迷宮の攻略が完了したということですよね？　突然押しかけてしまい申し訳ありません。まずはギルドの方へ報告をお願いします。私たちがここに来た理由を話せば、すぐに動くことになると思いますので」

キャロルが何か答えようとしていたところで、ルーナが話に割り込んできて、先にギルドへの報告を済ませて欲しいと言ってきた。

《黄昏の月虹》に加入してからのルーナのスタンスは、弟子たちの自主性を可能な限り尊重するというものだったはずだ。そんな彼女がキャロルの言葉を遮るように入ってくるということは、ルーナが率先して動かないといけないほどの何かがあるということだろう。

……ものすごく嫌な予感がするんだが。

「……わかった。先に報告を済ませてくる。フウカとハルトさんには席を外してもらった方が良いか？」

「いえ、同席頂いて構いません」

◇

心中穏やかではない状態で、しかしテキパキとギルドへ迷宮攻略完了の報告をしてから、探索者向けに開放されている打ち合わせ室の一室を借りて、その場に俺と、ソフィーを除く《黄昏の月虹》のメンバー、フウカにハルトさんの六人が集まった。

「それじゃあ、お前たちがここに居る理由を聞かせてくれるか？」

全員が席に着いたことを確認したところで逸《はや》る気持ちを抑えながら、《黄昏の月虹》に問いかける。

それを受けたログとキャロルがルーナの方へ顔を向けると、ルーナが「オルンさん、落ち着いて聞いてくださいね」と前置きをしてから、その理由を話し始めた。

「結論から言うと、ソフィーがクローデル伯爵の関係者によってダルアーネに連れ去られました。より正確に言うのであれば、クローデル伯爵家の馬車に乗せられて、現在東の方角へ馬車で移動している状況です」

「…………クローデル伯爵家の目的はわかるか？」

ルーナの話を聞き終えたところで質問をするが、三人とも首を横に振る。

このタイミングでソフィーを連れ去った理由について、色々と可能性を考えるが、明確な結論は導き出せなかった。

「……そうか」

まぁ、この辺りはクローデル伯爵を問《と》い質《ただ》せば良いか。

ソフィーが自らダルアーネに向かったとは考えづらい。

彼女の意思を無視してクローデル伯爵家が強硬手段に訴えてきたのであれば、その場合は容赦しない。

――たとえ相手が貴族であろうとも。

「オルンさん、お疲れのところ申し訳ありませんが、今すぐにダルアーネに行きましょう」

ルーナが真剣な表情で提案してくる。

「言われるまでもない。フウカとハルトさんはどうする？　俺たちの事情に巻き込むのも申し訳ないから、ここからダルアーネまでは別行動でもいいけど」

この一件にフウカたちは無関係だからな。

馬を走らせての強行軍になる可能性が高いし、それを二人に強制することはできない。

そのため別行動を提案するが、フウカは迷うことなく首をふるふると横に振った。

「私たちも同行する。ハルトもそれで問題ないよね？」

フウカが俺たちに付き合うと言ってからハルトさんに確認を取るが、その声音は有無を言わさないものであった。ハルトさんも同じように受け取ったのか、苦笑しながら口を開く。

「はいはい。姫様がそう言うなら付き合いますよ」

「わかった」

「よーし！　ソフィーを取り返すぞー！」

フウカたちの同行も決まったところで、キャロルが気合の入った声を上げた。

◇

それから俺たちは馬を疾駆させ、通常よりも圧倒的に短い時間で先ほどクローデル伯爵領へとやってきた。

「クローデル伯爵領に入ったが、まだ気は抜くなよ！　ダルアーネに着いてからが本番だからな」

「はい、わかっています！　それにしても師匠のアドバイス通り乗馬を練習しておいて良かったです」

「だね～。じゃなきゃ、あたしたちは確実に置いてきぼりを食らってたよ」

ログとキャロルには疲労の色が少し見えているが、軽口を叩《たた》くだけの余裕は残っているようだ。

ちなみに弟子たちに対して、ルーナやフウカ、ハルトさんは全く疲れを見せていない。この辺りは、経験値の違いが明確に出ているな。

「……お前も無茶させてしまって悪いな。もう少しだけ頑張ってくれ」

みんなの状況を確認してから、ここまで俺の無茶な指示に従って駆けてくれている馬に、もうひと踏ん張りして欲しいことを伝える。

(ダルアーネまでの距離は残り数キロと言ったところか。そろそろセルマさんの異能の影響範囲内に入っていてもおかしくない。できれば今のうちにセルマさんにダルアーネの状況を確認したいが、流石《さすが》に俺たちに気づいて念話を飛ばすなんてことは――って、あれ？)

今もダルアーネに滞在しているはずのセルマさんと念話ができれば、ダルアーネの詳しい状況を確認できると考えていたが、それが容易でないことはわかっていた。

しかし、気が付くと、普段第一部隊で迷宮に潜っている時の感覚、つまりセ、セ、セルマさんと、念、念、念話が、繋がっていいる感覚を覚えた。

『セルマさん、聞こえる⁉』

ダメ元で普段念話をするように、心の中でセルマさんへの言葉を投げる。

『……オルン？』

そうすると、頭の中でセルマさんの声が響いた。

『良かった、こんなに早くセルマさんと話ができて！』

『なんで、オルンの声が……？　いや、そんなことを考えるのは後だな。念話できているということは、近くに居るということだよな？　突然で悪いが力を貸してくれないか！』

セルマさんの声音は戸惑っているような、それでいて焦っているような、そんなものだった。

『それって、ソフィーの件か？』

『ソフィアのことまで知っているのか⁉』

セルマさんも、ソフィーがダルアーネに居ることは把握しているようだ。

『ソフィーがクローデル伯爵家の関係者に連れ去られたと聞いて、今大急ぎでやってきたところだ。それで、状況は？』

『そうだったのか。それなら話が早くて助かる。まずは、ソフィアがダルアーネに連れて来られた理由だが、それは帝国貴族と結婚をさせるためだ』

『――っ⁉』

（帝国貴族との結婚だと⁉　戦争中の敵国の人間と婚姻を結ぶなんて、クローデル伯爵は何を考えているんだよ⁉）

『その引き渡しがこれから行われるらしいんだ。オルンが居るということは、ハルトも近くにいるよな？　ハルトの異能でソフィアの居場所を探してほしいんだ！』

セルマさんから状況を聞いた俺は、彼女に『わかった』と返答してから、みんなに声を掛ける。

「みんな、ソフィーがダルアーネに連れて来られたのは、帝国貴族に引き渡すためだ！」

俺の言葉を聞いたハルトさんとルーナが、即座に行動に移った。

「……帝国貴族に引き渡されるってことなら、場所はダルアーネの北西だろうが、その情報だけじゃ範囲が広すぎるな。しらみつぶしにするなら時間はかなりかかっちまう」

ハルトさんがソフィーが居るであろう場所について推測を立てるが、彼の言う通りこれだけで居場所を特定するのは厳しいか。

その間もルーナは注意をここではない別の場所に移していた。

これは彼女が妖精とコミュニケーションを取っているとき特有の雰囲気だ。おそらくピクシーから改めて情報を収集しているのだろう。

「ソフィーの居場所がわかりました！　ハルトさん、ダルアーネから北北西にしばらく行ったところに川が流れているのが確認できますか？」

「……あぁ、あるな」

ルーナの声掛けを受けて、ハルトさんは自身の異能である【鳥瞰視覚《ちょうかん》】を行使したのだろう。

彼もダルアーネの側の川の存在を確認したようだ。

「川沿いに北の方へ向かった先にソフィーが居るようですが、どうですか？」

「ビンゴだ！　クローデル伯爵家の家紋の付いた馬車が移動している。――って、おいおい、まじかよ……」

ハルトさんが、ソフィーを乗せていると思われるクローデル伯爵家の馬車を捉えた。しかし、その直後、彼の表情が嫌なものを見つけた時のようなものに変わった。

「ハルトさん、どうしたの？」

「……オルン、この一件、裏で手を引いているのは恐らく《シクラメン教団》だ」

「「「「――っ⁉」」」」

ハルトさんの予想外過ぎる発言に俺たちは息を飲んだ。フウカだけは相変わらずの無表情で眉を若干顰《ひそ》めるに留《とど》まっていたが。

「なんで、そう思ったんだ？」

努めて冷静にハルトさんにその真意を確認する。

「引き渡し場所と思われる場所に、教団の組織員特有の赤衣の人間が居るからだ。そんでもって、更に悪い知らせだが、その男の特徴とぴったり当てはまる人間を、俺は一人だけ知っている。――教団の幹部の一人、《博士》だ」

「……え？　《博士》が、ソフィーを、利用しようとしているってこと……？」

ハルトさんの発言を聞いたキャロルが、動揺したようにその声を震わせている。

「……悪い、迂闊《うかつ》だった」

そんなキャロルを見て、ハルトさんが目を伏せながら謝罪をする。

キャロルの過去は、クラン内の上層部以外では一部の人間しか知らない情報のはずだが、ハルトさんはキャロルと《博士》――オズウェル・マクラウドの関係を知っているようだ。

「……ううん、大丈夫。あたしはもう逃げないって決めてるから。《博士》がソフィーに何かしようとしているなら、到底赦《ゆる》せない。絶対ソフィーを助けないと！」

次の瞬間にはキャロルの瞳は強い意志が灯《とも》っているような、真《ま》っ直《す》ぐな目に変わった。

「キャロル、今のお前は一人じゃない。僕は当然、師匠やルゥ姉、ハルトさんにフウカさんまで居るんだ。僕たちでソフィーを連れ戻すぞ！」

キャロルの背中を押すようにログが、声を掛ける。

「うん!!」

そんなログの言葉に、キャロルは力強く返事する。

今回の無茶な移動による肉体的な疲労はあるだろうが、精神的にはかなり良い状態みたいだ。

「…………水を差すようで悪いけど、私とハルトはこれから別行動をさせてもらう」

これから《博士》に強襲を仕掛ける雰囲気になっていたところで、フウカが口を開いた。

「相手が教団の幹部ならフウカの協力を得られればと思ったんだが、別行動をする理由を聞いても良いか？」

「オルンも言った通り、これから相手にするのは教団の幹部である《博士》。教団は外道の集まりだけど、間違いなく〝迷宮〟について最も詳しい集団。そんな教団に於《お》いて《博士》なんて二つ名を冠しているのだから、その男はあの集団の中でも特に迷宮に精通しているはず」

　《シクラメン教団》が迷宮の氾濫を人為的に引き起こせることは、これまでの出来事からほぼ間違いないと考えている。

「《博士》という存在自体が囮《おとり》で、《博士》の計画の主軸が迷宮の氾濫ということも充分考えられるということか？」

　俺の問いかけにフウカはコクリと首を縦に振った。

「——だから、私とハルトは、ダルアーネにある迷宮を攻略してくる」

　レグリフ領で《博士》ことオズウェルと対峙《たいじ》したことがあるが、アイツの戦闘能力自体は大したことはなかった。むしろ突然出現した竜群の方が厄介なくらいだった。

　今の俺なら、あの時の竜群でも一人で対処できる自信がある。不測の事態が起こっても《黄昏の月虹》の面々がいてくれれば、対処できないようなことは無いだろう。

　であれば、フウカたちには他の懸念点を事前に潰してもらうというのも一理あるか。

「わかった。迷宮の攻略はフウカとハルトさんに任せた！」

「うん、任された」

俺がフウカの提案に応じると、彼女はそう言葉を残して迷宮のある方向へと転進した。

「オルン、わかっていると思うが、《博士》はクズの中のクズだ。慈悲を与える必要はねぇぞ？」

「あぁ、わかってる。キャロルに続いてソフィーにまで手を出したんだ。慈悲を与えるつもりは毛頭ない」

フウカとハルトさんを見送ったところで、セルマさんに再び念話をする。

『セルマさん、ソフィーの現在地を確認した。これから俺と《黄昏の月虹》でソフィーの元に向かう』

『本当か⁉　わかった。私もすぐに合流を――』

『いや、セルマさんにはダルアーネに残って欲しい。今回の敵は《シクラメン教団》のようだ』

『《シクラメン教団》だって⁉』

『連中は都市だろうが構わず襲撃してくる集団だ。だから、ダルアーネを手薄にするのは悪手になる可能性が高い。それに今回の一件にはクローデル伯爵家も関わっているんだろ？　だからこそセルマさんには政治面の対処をお願いしたい。そっちは俺だとどうしようもない分野だから』

『……そうだな。この件は我が家の明確な失態だ。……わかった。私は政治面の対処に努める。オルン、ソフィアのことを任せても良いか？』

『言われるまでもない！　ソフィーは俺の大切な弟子だからな！』

フウカたちと別れ、ダルアーネをセルマさんに任せ、俺は《黄昏の月虹》のメンバーを引き連れて、ソフィーとの距離を詰めていた。

ソフィーに追いつくためには、森を通過する必要がある。俺たちは馬から降りて木々の間を疾走していた。

ログやキャロルが必要以上に疲労しない程度で、それでいて最速で暫《しばら》く駆けていると、俺たちに急接近してくる二人組を捉えた。

そのうちの一人が、キャロルに攻撃を加えようとする動きをしてきたため、それを防ぐために魔術を発動する。

「──【反射障壁《リフレクティブ・ウォール》】」

キャロルの進路上に半透明の灰色の壁が出現すると、人影がその壁に接触した。

その人物は反対へと強引に進行方向を変えられたが、即座に体勢を整えて俺たちから数メートルほど離れた位置に着地する。

「流石は《竜殺し》ね。完全に気配を消していたつもりなのに」

【反射障壁《リフレクティブ・ウォール》】によって阻まれた少女が口を開く。

その少女は、キャロルと瓜二《うりふた》つの顔をしているキャロルの実姉──ルエリア・イングロットだった。

「……ルエラお姉ちゃん」

キャロルが目を見開きながら呟く。

「本当に、タイミングが良いのか悪いのか。《夜天《やてん》の銀兎《ぎんと》》の新進気鋭の探索者パーティ、《黄昏の月虹》に加えて、《竜殺し》まで現れるなんて、完全に想定外よ」

何の感情も籠っていない瞳をこちらに向けてきているルエリアが、自身の身長に迫りそうなほどの長さの剣を構えながら、冷淡な声を発する。

「なるほど、息の合った姉弟《きょうだい》だな」

俺はそう呟くと、新たな魔術を発動する。

地面を伝うようにして走る電撃が、側面から俺たちを狙っていた少年を襲う。

「あっぶな～」

【潜伏《ハイド》】で隠していた姿を現しながら、キャロルの実兄であるフレデリック・イングロットが、間延びした声を漏らしながら地面を蹴って上空へと逃れる。

【地電流《アース・ショック》】は強襲と敵の無力化を目的に開発した魔術だ。これまでにこの魔術を見破ったことがあるのは《アムンツァース》のシオンだけだった。

（魔力の流れに相当敏感でないと、この魔術を見破ることはできないはずなんだがな。この感知能力が先天的なものなのか、はたまた後天的なものなのか。考えたくないが、後者の可能性が高いんだろうな）

「フレッドお兄ちゃんまで……。どうして二人が……？」

「そんなの決まっているじゃない。《博士》から、邪魔する者を排除するように命令を受けているからよ。悪いけど、貴方《あなた》たちにはここで死んでもらうわ」

全てを諦めているような表情でルエリアが、キャロルの質問に答える。

この姉弟の実力は弟子たちから聞いている。弟子たちと姉弟の戦いから約半年が経過しているといっても、半年程度の時間では俺に勝てるほどの成長は現実的に考えてあり得ない。

そんなことはルエリア自身が一番よくわかっているはずだ。

それでも俺たちを阻もうとするのは、

(この姉弟にとっては、進むも地獄退くも地獄ってことか)

俺たちと姉弟が戦えば、十中八九俺たちが勝つだろう。だからといって、ここで退いても《博士》から何かしらの処罰を受ける、といったところだろうな。

「……今は時間が惜しいんだ。このまま俺たちの道を阻むというなら、容赦はしないぞ」

俺は殺気を飛ばしながら姉弟に警告する。

《シクラメン教団》に所属する者は敵だ。

だが、この姉弟だけは例外だ。

キャロルの兄姉なのだから。

できれば、良い着地点を探したいところだが、時間が無い。

ここは実力行使をしてでも――。

「――ししょー、ここはあたしに任せて。皆は先にソフィーのところに行って」

俺が臨戦態勢に入ろうとしたところで、キャロルが口を開く。

「これはあたしたちきょうだいの問題だから。あたし自身が決着を付けないといけないと思うんだ」

そう言うキャロルの表情は真剣そのもので、真っ直ぐにルエリアを見据えていた。

半年前、キャロルは兄姉と再会した際にはパニック状態になったと聞いている。だが、今の彼女は冷静さを失っていない。

本気で過去と、そして兄姉と向き合おうとしているんだ。

「……わかった。ソフィーのことは心配するな。キャロル、お前はお前の過去と、兄姉と決着を付けろ」

「うん!!」

俺がキャロルに声を掛けると、後ろに居たログとルーナが顔を見合わせてから頷《うなず》き合っていた。

それからログとルーナが口を開く。

「師匠、僕とルゥ姉もここに残ります」

「短い時間とはいえ、足止めを食らってしまいましたからね。オルンさん一人の方が速く動けるでしょうし、キャロルを一人にもできません。ソフィーのことは任せましたよ」

二人がキャロルの隣に並び立つ。

「……二人とも」

キャロルが隣に来たログとルーナをそれぞれ視界に捉えると、戸惑っているような、それでいて嬉《うれ》しそうな、そんな表情をしていた。

キャロルを一人にするのには、少々不安が残っていた。

そして何よりもルーナの言った通り、俺一人であれば異能や氣《き》の操作を駆使することで、更に速くソフィーを追いかけることができる。

「……わかった。この場は《黄昏の月虹》に任せて、俺は先に行かせてもらう」

俺は三人の言葉に甘え、この場を任せてソフィーの追走を再開した。

意外なことに、キャロルの兄姉は、そんな俺を妨害することは無かった。

幕間《まくあい》　本音

◇　◇　◇

「おい、ソフィア。そろそろお前の引き渡し場所に到着する。先方に失礼の無いようにしろよ」

馬車に揺られていると、アルドさんがそう言ってきた。

「…………はい」

私はこれからエルメト子爵の使者に引き渡されて、サウベル帝国へと向かうことになっている。

――『お前は、曲りなりにも貴族《おれ》の娘だ。貴族の血を引いている以上、その責務を果たせ』

――『あの泥棒猫に似てきたわね。とっとと帝国に行ってしまいなさい。これは、由緒正しいこのクローデル家を汚したアンタたちの贖罪《しょくざい》なの。領民のためにその身を捧《ささ》げられるなんて光栄でしょう？』

一昨日、ダルアーネに到着した際に、お父様とお義母様《かあ》から最初に投げかけられた言葉だ。

お父様は、その後用事があるということで、すぐにどこかに行ったけど、お義母様はそれからも私に心無い言葉を投げ続けていた。

……悔しかった。

私だけでなく、私を産んでくれたお母さんのことまで、あんなに酷《ひど》く言ってくるお義母様が許せなかった。

私は探索者になって強くなった。

今ならお義母様にも臆することなく自分の意見を言える。

——そう、思っていた。

だけど、お義母様と対面した私に、そんな勇気は無かった。

子どもの頃と変わらず、お義母様が飽きるその時が来るまで、じっと堪えることしかできなかった。

結局、私は昔から何一つ変わっていないんだ。

無力で自分からは何も変えられない、そんなちっぽけな存在でしかない。

そんな無価値である私の身で、領民の安全が買えるなら、それは安い買い物だと私も思う。

何気なく、馬車の窓越しに空を見上げる。

今は日中だから日差しで眩《まぶ》しいはずなのに、曇天がそれを遮っていた。

（……お姉ちゃんに、悪いことしちゃったな。あれが、お姉ちゃんとの最後のやり取り、か）

私の心の中は、空の曇天模様と同じだった。

多分偶然なんだろうけど、さっきお姉ちゃんは私に念話をしてきた。

お姉ちゃんはすごく戸惑っていて、私がここに来ている理由もわかっていないようだった。

もしかしたら、お姉ちゃんも今回の私の婚姻を承知しているんじゃないかって、そんな嫌な想像もしてしまっていたけど、お姉ちゃんのあの反応で、お姉ちゃんはこの件に無関係だとわかって少しだけ安心した。

私はこれまでずっとお姉ちゃんに護《まも》られてきた。

ツトライルにやってきてからの時間は本当に幸せだった。

だから、そんな幸せをくれたお姉ちゃんを、今回は私が護るんだ。

私が今回の縁談に応じないと、未曽有の規模の氾濫がダルアーネを襲うと聞いている。

そうなったらお姉ちゃんは探索者として、この地を治める一族の人間として、戦いの最前線に出ることになる。

お姉ちゃんの実力を疑っているわけじゃないけど、《夜天《やてん》の銀兎《ぎんと》》の探索者が誰一人いない状況では、付与術士であるお姉ちゃんの実力は十全に発揮できない。

そんなリスクの大きい戦いを避けるためにも、私はこの話に応じないといけない。

（お姉ちゃん、ごめんね……。私のことは気にしないで、お姉ちゃんは、幸せになってね）


「おい、着いたぞ。降りろ」

馬車が止まると、私はアルドさんの言葉に従って馬車から降りた。

「やぁ、ソフィア嬢。首を長くして待っていたよ」

外に出ると、そこには血のような真っ赤に染まった薄手のコートを羽織った三十代の男がいて、私に声を掛けてきた。

（この人が、エルメト子爵の使者……？）

彼の雰囲気に言葉にできない不気味さを感じて、私は背筋に悪寒が走ったような感覚があった。

「要求通り、この娘をお前たちに差し出す。そちらもこちらの要求を呑《の》んでもらうぞ」

私に続いて馬車から降りたアルドさんが、赤衣の男に声を掛ける。

「そちらの要求？　なんだっけ？」

赤衣の男が、アルドさんの話に全く心当たりのなさそうな表情をしながら、首をかしげている。

「っ！　ダルアーネの迷宮を氾濫させないこと、それと帝国のダルアーネ不可侵だ！」

「あー……、そんな約束していたっけ？　まぁ、わかったよ。ソフィア・クローデルを手に入れられるなら、もうダルアーネには興味ないしねぇ」

傍《はた》から見ても適当に答えていることがわかる気だるげな声音で、赤衣の男がアルドさんの要求を了承する。

（戦争が激化したら、帝国がこんな口約束を守るのかな？　もしも、この人が嘘《うそ》を吐《つ》いていたら、私が帝国に行く理由って——。……ううん、そもそもこの縁談が無くなれば、氾濫は絶対に起こっちゃうんだもん。私が帝国に行くことで、僅かでもダルアーネを守れる可能性があるなら……）

「では、ソフィア嬢、こちらに来い」

もう覚悟は決めていたはずだ。

この領地を守り、そして戦争にも貢献する、と。

改めて今回の婚姻の理由を自分に言い聞かせてから、赤衣の男の方へと足を踏み出そうとしたところで、

「――待て」


突然私の後ろから、聞きなじみのある男性の声が聞こえてきた。

たった二文字の言葉なのに、私はそれが誰の発したものなのかが、すぐに分かった。

驚きながらも、声のした方へと振り返る。

「……オルン、さん？」

そこには予想通りの人物が居た。

「水臭いな、ソフィー。お別れの挨拶も無しに、居なくなってしまうなんて」

オルンさんは私と目が合うと、私が安心するいつもの笑顔を向けてきながら、声を掛けてくる。

「オルン、だと？　何で王国の英雄がこんなところに居るんだよ⁉」

「久しぶりだなぁ、《竜殺し》。わざわざ見送りのためにここまで来たのか。泣かせてくれるねぇ」

そんなオルンさんに、アルドさんと赤衣の男がそれぞれ声を掛ける。

その言葉を聞いたオルンさんからは、表情が無くなり、

「――部外者は黙ってろ。俺はソフィーと話をしに来たんだ」

底冷えするような声が発せられた。

そんな声にアルドさんは息を飲み、赤衣の男は余裕そうな表情を浮かべているけど、冷や汗が流れている。

「オルンさん、来てくれて嬉《うれ》しいです。お別れの挨拶が出来なくて、このようなかたちでのお別れになってしまってごめんなさい」

私の声を聞いたオルンさんは、再び穏やかな表情になると口を開いた。

「ソフィーにも事情があるだろうし、それは仕方ないさ。……それで？　本当にエルメト子爵のところに嫁ぐのか？」

「…………はい。探索者を辞めてエルメト子爵家に嫁ぎます。…………今まで、お世話になりました」

零《こぼ》れそうになる涙をぐっと堪《こら》えながら、頭を下げる。

それから私は、オルンさんから逃げるように、赤衣の男の方へと歩を進める。

（これで、いいんだ。私が我慢すれば、この領地は守られるし、全部うまくいくんだから……）

そう自分に言い聞かせながら進む。

それなのに、一歩一歩足を前に出すにつれて、色々なことが頭の中に浮かんでくる。

――ツトライルにやってきてからの出来事。

――《黄昏《たそがれ》の月虹《げっこう》》のみんなと過ごしてきたこと。

――そして、オルンさんとの思い出。

視界のぼやけが強くなる。

それらを思い出す度に、足が重たくなっていく。

そしてついに足が止まってしまった。

すると後ろから、オルンさんの優しげな声が聞こえてきた。

「一年前、俺がお前らの師匠になったときに言ったよな。――俺は『お前の味方であり続ける』、と」

……止《や》めて。

「あの時の言葉は、何があっても曲げることはない。絶対にだ」

そんな優しい声で、話しかけないで……。

「俺は、お前が望んでいるものを脅かす存在がいるなら、たとえそれが、貴族だろうが国だろうが敵に回すことを厭《いと》わない」

ズルい……。

そんな言い方、ズルいよ……。

「だからソフィー、お前の〝本音〟を聞かせてくれ」

頬を涙が伝ったのがわかった。

そして、私の中の何かが決壊した。

「わ、私は……、自由になりたいです……。オルンさんと、キャロルやログ、ルゥ姉と探索者を続けたい！　お姉ちゃんとまだ一緒に居たい！　知らない人と結婚なんてしたくない！　たす、けて。助けて、オルンさん！」

「あぁ、わかった」

「な、なにを言っているんだ⁉　お前は、領民を見捨て――ぐはっ⁉」

私が自分の気持ちを吐露すると、アルドさんが激昂《げきこう》したように声を荒らげていたけど、その言葉が最後まで紡がれるより前に、オルンさんによって殴り飛ばされていた。

「領民を守るのはお前らの仕事だろうが。なんでそれをソフィー一人に押し付けてんだよ‼」

「痛ってぇな！　何もわかってねぇ平民風情が、知ったようなことほざきやがって……！　わかってんのか⁉　俺に手を出したってことは、お前はクローデル伯爵家を、貴族を敵に回したということだぞ⁉」

アルドさんが口の端から流れる血を拭うと、真っ赤になりながらオルンさんに怒声を飛ばす。

それを受けてオルンさんは、収納魔導具から彼の愛刀である漆黒の長剣《シュヴァルツハーゼ》を取り出すと、

「言っただろ。俺の大切なものを脅かす存在がいるなら、たとえそれが、貴族だろうが国だろうが、敵に回す覚悟はとうの昔にできているんだよ‼」

その言葉を証明するかのように、剣を振るう。

その先には、クローデル伯爵家の馬車があり、そこに描かれているクローデル家の紋章を真っ二つにするように切り裂いた。

「……な、なに、をっ……」

まさか本当に貴族に逆らうとは思っていなかったようで、オルンさんの行動を見たアルドさんが言葉を失っている。

そんなアルドさんを、オルンさんが殺気すら籠っている眼光で睨《にら》みつける。

「――ひっ！」

それを真正面から受けたアルドさんが小さな悲鳴を上げていた。

戦闘経験のほとんどないアルドさんがそれに耐えられるわけもなく、恐怖が頂点に達したアルドさんは、意識を失ってしまった。

オルンさんはそれを確認すると、それ以上アルドさんに構うことなく、続いて赤衣の男の方へと視線を動かす。

「次は、お前の番だ、オズウェル・マクラウド。お前はソフィーだけでなく、キャロルも傷つけたんだ。覚悟はできているだろうな？」

オルンさんが私のために、ここまで怒ってくれていると思うと、私の心は場違いに温かくなっていた。

第四章　術理

◇　◇　◇

「いやぁ、怖いねぇ、《竜殺し》」

俺の言葉を受けて、オズウェルが軽口を叩《たた》く。いや、恐怖を紛らわせるために、何とか軽口を叩いていると見た方が正しそうだな。

俺はオズウェルに強い怒りを覚えながらも、頭の中は至って冷静でいた。

コイツは、キャロルの心を壊した張本人であり、次はその魔の手をソフィーに伸ばそうとしている。到底赦《ゆる》せることではない。

「【封印緩和《レストレーション・セプタプル》：第七層】」

自分を縛っているものを緩めてから、氣《き》を全身に巡らせ、一瞬でオズウェルとの距離を詰める。

「血の気の多いことだな！」

そんな俺を見て、オズウェルが声を上げると、互いの間に漂っている魔力が動き出す。

それを敢《あ》えて無視して突っ込む。

突然俺の周りが爆発するが、それを氣の応用で防ぎ、オズウェルへと肉薄する。

そして、驚いた表情を浮かべているオズウェルの身体《からだ》を大きく斬りつける。

「ぐあぁぁ！」

不愉快な悲鳴を無視して、魔術を発動する。

「――【岩棘《ロックニードル》】」

オズウェルの周りの地面が隆起して、無数の岩の棘がオズウェルを貫く。

「あ……がっ……」

最後に上段に構えたシュヴァルツハーゼを振り下ろし、オズウェルを再度斬りつける。

岩の棘が消えると、血みどろになったオズウェルが倒れ込む。

普通の人間なら、この一連の攻撃で二回は死んでいる。

だが、こいつには【自己治癒】の異能がある。

この程度では死なない。

オズウェルに注視していると、俺の背後の空間に穴が開き、その中から通常の倍以上の大きさのあるオークが現れる。

半年前にレグリフ領で竜群を出現させた時と同じような仕組みだろう。

「オルンさん、危ない！」

そのオークが右手に持っている棍棒《こんぼう》のようなものを振り下ろしてくるのを見て、ソフィーが声を上げる。

「大丈夫だ、ソフィー。ちゃんと視えているから」

ソフィーにそう告げ、ロールターンの要領で棍棒を躱《かわ》しながらオークの右側に回り込む。

棍棒を振り下ろした直後の隙だらけのオークに、回転の勢いに加えて、【瞬間的能力超上昇《インパクト》】も乗せたシュヴァルツハーゼを薙《な》ぎ、オークを上下に両断する。

そのままオークは黒い霧へと変わり霧散した。

だが、この一瞬の攻防中にオズウェルが俺と距離を取っていた。

「わかっていたが、まともにぶつかって勝てる相手じゃねぇな。さっきは咄嗟《とっさ》だったから一体しか出現させられなかったが、今度は物量で圧《お》し潰してやる！」

まだ完全に傷が癒えておらず、痛そうにしているオズウェルがそう呟《つぶや》くと、俺を取り囲むようにして大量の魔獣が現れる。

「次はこんなに……！」

大量に現れた魔獣を前に、ソフィーが動揺した声を漏らす。

「ソフィー、危ないからその場から動くなよ。大丈夫だ。俺を信じろ」

そんなソフィーに笑いかけながら、魔獣どもを一掃するための術式を構築する。

術式が完成したところで、氣を乗せた声を発する。

「――【封印解除《カルミネーション》】」

俺の言霊と体内を巡る氣が、俺を縛り付けるものを取っ払う。

この魔獣どもを一掃するのに適している攻撃は、《アムンツァース》のシオンがレグリフ領で竜群に対して行った連続爆撃だ。

あれの仕掛けを説明するのは簡単だ。

【超爆発《エクスプロード》】を一瞬のうちに連続発動することで、まるで誘爆して周囲に爆発が広がっているように見えていただけのこと。

シオンの術式構築が速いとはいえ、特級魔術を短時間であれだけ発動することに、人間の脳が耐えられるわけがない。

通常のやり方では不可能だと言い切れる。

それを可能にしているのがあいつの異能、【時間遡行】であると思っている。

その異能をどう解釈することで、連続で特級魔術を連発しているのかわからないが、これなら俺の異能の拡大解釈で再現できる。

俺の異能である【重力操作】、それを深く識《し》ったときに気づいたことがある。

重力は時間に干渉できる、と。

まぁ、タイムスリップをしたり、時間を停止させたり、なんてことまではできないが。

「……【時間膨張《インフレーション》】」

それを識って、拡大解釈の末に編み出したのが、俺の時間のみを引き延ばすというもの。要するに、全てがスローモーションに見えるということだ。

これの使用にはいくつか制約があるため、常に使うことはできないが、条件さえ揃《そろ》えばそのアドバンテージは計り知れない。

今回はそのアドバンテージを術式構築に回す。

「――【超爆発＋連鎖《エクスプロード・チェイン》】！」

俺は術式構築が完了した都度、【超爆発《エクスプロード》】を発動していく。

しかし俺以外の者には、【超爆発《エクスプロード》】が誘爆したかのように爆発が広がっていると感じるはずだ。

大量の爆発が俺を取り囲んでいる魔獣を文字通り一掃した。

「まさかお前、既に術理を……」

自分の体感時間を周りに合わせていると、オズウェルが初めて本当に戸惑ったような声を漏らしていた。

（術理だって？　久しぶりに聞いたな、その単語。こいつは術理について知っているのか？）

オズウェルが震える声で漏らした〝術理〟という単語を思い出していると、

「くそっ、どこまで俺の計画をめちゃくちゃにすれば気が済むんだよ！　もう悠長なことはしていられないじゃないか……！」

余裕が無くなったオズウェルが再び魔獣を出現させた。

「時間を稼げ、黒竜！」

次に現れたのは、既に見慣れてしまった南の大迷宮九十二層のフロアボスである黒竜だった。

それ以外にも無数の魔獣が再び出現する。今回は俺を取り囲むようにではなく、オズウェルを守るようにしている。

（【時間膨張《インフレーション》】は、……今は無理か。——上空には黒竜、地上には百に迫りそうな数の魔獣。ソフィーを守りながらだと、少々厳しいが……）

再び魔獣どもを【超爆発＋連鎖《エクスプロード・チェイン》】で一掃しようとしたが、条件が揃わず【時間膨張《インフレーション》】が使えなかった。

即座にこの作戦を切り捨てて、別の作戦を組み立てると、

「オルンさん、私も、一緒に戦います！」

いつの間にか俺の隣に居たソフィーが、杖《つえ》を手にしながら臨戦態勢になっていた。

その表情には迷いがなく、恐怖の対象であるはずの黒竜を前にしても、怖気《おじけ》づいていなかった。

そんなソフィーを見て俺はつい表情が緩んでしまった。

「……そいつは助かる。地上の魔獣を任せても良いか？　勿論《もちろん》、可能な限りフォローする」

「はい！　任せてください！」

ソフィーが力強い返答をしたタイミングで、黒竜が炎弾を打ち下ろしてきた。

「【反射障壁《リフレクティブ・ウォール》】、【魔剣合一《オルトレーション》】！」

炎弾を反射させ、シュヴァルツハーゼを魔剣に変えてから、黒竜の居る上空へと移動する。

上空からオズウェルの居る場所を見下ろすと、奴《やつ》の傍《そば》に見慣れない魔法陣が浮かび上がってい

た。

直後、その魔法陣からキャロルの兄姉が現れる。

「《博士》⁉　いきなり私たちを転移させるなんて、どういうこと？」

「僕たち取り込み中だったんだけど～」

突然現れた二人も、自分の身に起こったことがわかっていないようで、戸惑いの声を漏らしている。

「お前らの事情なんてどうでも良い《い》。その命を俺に寄こせ！」

余裕を無くしていたオズウェルは、声を荒らげながら二人にそう告げると、刀身が赤黒く染まった短剣を二本取り出す。

直後、オズウェルの手にあった二本の短剣が転移したように彼の手から消えると、ルエリアとフレデリックの胸に深々と突き刺さっていた。

「――え？」

「――は？」

突然の出来事に二人は目を白黒させていたが、その間も彼らの胸からは血が流れ出す。

「――っ⁉　自分の部下を……‼」

キャロルとは別人だとわかっていても、姿が似ている二人がオズウェルに刺された光景は、俺を動揺させた。

黒竜の魔法によって作られた高密度な魔力の塊が放たれる。

迫りくる魔力の塊をぶった斬り、そのまま斬撃を黒竜まで届かせるように魔剣を振るったが、その斬撃が黒竜まで届くことは無かった。

兄姉に突き立てられている短剣の柄からは、赤黒い霧のようなものが立ち上っていて、オズウェルが出現させた魔獣の一部も、その体を赤黒い霧に変える。

そして、赤黒い霧がオズウェルの周りに集まっていき、奴の姿を隠した。

◇　◇　◇

時間は少し戻って――。

オルンと別れた直後の《黄昏《たそがれ》の月虹《げっこう》》は、ルエリアとフレデリックの二名と対峙《たいじ》していた。

「ししょーを見逃して良かったの？」

離脱したオルンをスルーしたことを疑問に思ったキャロラインがルエリアに問いかける。

「邪魔したところで、大した妨害はできないしね。《博士》としては完全に想定外の出来事だけど、私たちにとっては、千載一遇の機会かもしれないから」

未《ま》だ何の感情も映していない表情で、ルエリアが淡々と言葉を紡ぐ。

「……どーゆーこと？」

「貴女《あなた》が知る必要は無いわ。さぁ構えなさい、キャロライン。フレッド、貴方《あなた》は邪魔しないで。結局私にできることはこれだけだから」

「……わかってるよ～」

ルエリアが剣を構えながらフレデリックに加勢は無用だと告げると、フレデリックは素直にその言葉に応じた。

「ログ、ルゥ姉、せっかく立ち止まってくれたのに、ごめん。最初は、あたし一人でルエラお姉ちゃんと戦わせて」

キャロラインも、そんなルエリアを見て何かを感じたのか、姉との一騎打ちを望んだ。

「しかし……」

ルーナはキャロラインの兄姉のやり取りを見て何かを察したかのような表情をしつつも、心配そうな声を漏らす。

キャロラインが振り返ると、ルーナとローガンに声を掛ける。

「あたしを信じて」

その表情は、普段通りの満面の笑みだった。

「………わかりました。負けちゃだめですよ、キャロル」

そんなキャロラインを見て、彼女の望みに応じることを決めた。

「ルゥ姉、大丈夫なのか？」

対して、未だ心配げな表情をしていたローガンが、戸惑いの声で問いかける。

「はい。ここは二人っきりで戦わせるべきだと判断しました。おそらく、これがベストです」

そう断言するルーナを見て、ローガンは反対をすることができず、最終的にキャロラインの戦いを見届けることにした。

「二人とも、ありがとう。――それじゃあ、行くよ、ルエラお姉ちゃん」

再びルエリアへと向き合ったキャロラインが、師匠であるオルンから受け取った二本の漆黒の短剣を構える。

「ええ、来なさい、キャロライン！」

その言葉を皮切りに、二人の距離が詰まり、両者の剣が激突した。


戦いに於《お》いて、武器のリーチはそのままアドバンテージとなる。

元々キャロラインにとっては分の悪い戦いであるのに加えて、剣術もルエリアが上手《うわて》。

それに加えて、ルエリアはこの半年の間に氣の操作を習得していた。

これらのことが意味するのは――。

「ぐうっ！」

何度キャロラインが接近を試みても、その全てが悉《ことごと》く防がれ、キャロラインの攻撃は未《いま》だに一度も届いていない。

傷こそ【自己治癒】によってすぐに治るが、この戦いの結果は明らかなはずだった。

しかし、そんな状況でもキャロラインは諦めの色は一切見せず、

「……違う。こうじゃない、ログからいつも受けているバフの感覚はもっと……」

むしろ彼女は集中力を高めていた。

キャロラインの纏《まと》う雰囲気は、下手に近づくことも憚《はばか》られるほど、張り詰めた空気感となっている。

「………」

そんなキャロラインを見つめるルエリアの瞳は相変わらずの無機質なものだが、僅かに震えていた。

再びキャロラインが地面を蹴って、ルエリアへと肉薄する。

その速さは、戦闘を始めた当初とは比べ物にならないほど上がっている。

ルエリアは自身の動体視力の良さのお陰で何とか捉えられている。

しかしそれでもギリギリだ。

それは、氣を活性化させているルエリアに、キャロラインが迫りつつあることの証明でもあった。

それでも、キャロラインの剣は彼女に届かない。

――そんなとき、

「っ！　キャロライン！　もっと集中しなさい！」

「っ⁉」

攻撃を繰り出しながらルエリアが声を上げた。

「今、貴女が摑《つか》みかけているのは、バフの――基本六種の本質よ！　《博士》に、教団に立ち向かうなら、今ここでそれを習得しなさい！　……習得できなければ、死ぬだけよ」

その言葉を最後に、ルエリアはこれまで以上に攻撃に比重を置いた動きに変わった。

キャロラインは、姉が突然何でそんなことを言ってくるのか、と疑問に思いながらも、迫ってくる攻撃を防ぎながら、摑みかけている新しい感覚に意識を集中させる。

キャロラインの集中力が極まり、時間を追うごとに彼女の動きは、そのキレを増していく。

――そして、遂《つい》にキャロラインの短剣が、ルエリアに届いた。

本来であれば、キャロラインに斬られたルエリアは、血を流しているはずだが、彼女の身体からは一滴も血が流れていなかった。

「……【切れ味滅殺《シャープネスゼロ》】。なんで、そんな魔術を……」

驚いたように目を見開いたルエリアが、疑問を口にする。

「……だって、お姉ちゃんの振るう剣は――」

キャロラインが何かを言おうとしていると、突然ルエリアとフレデリックの足元に魔法陣が浮かび上がった。

「これはっ……！」

「完全に予想外だ〜」

その言葉を最後に、ルエリアとフレデリックがその場から姿を消した。

「……え？」

突然の出来事に、キャロラインが呆然《ぼうぜん》と立ち尽くしていた。

「いきなり二人が消えた⁉　どうして⁉」

兄姉の姿が消えたことに、ローガンも戸惑いの声を漏らす。

「……先ほど浮かび上がったのは、転移の魔法陣だったのでしょう。そうであるなら、転移先は《博士》の元である可能性が高いでしょうね。消える直前のあの二人の表情からすると、あれは彼女たちが意図的に発動したものではなさそうですが」

「だったら、すぐししょーのところに向かわないと！」

「そうだな。ソフィーも心配だし、すぐに師匠と合流しよう！」

◇

「なんだよ、これ……！」

《黄昏の月虹》のメンバーがオルンの居る場所までやってくると、目の前に広がる混沌《こんとん》とした状況にローガンが声を上げる。

オルンが上空で暴れている黒竜を往《い》なしながら、地上に大量に湧いている魔獣へ攻撃魔術を放っていた。

オルンの攻撃では大量の魔獣を全て討伐できておらず、ソフィアが残っている魔獣と戦っていた。

「……なん、で…………」

そんな中、キャロラインが信じられないものを見たような声を漏らす。

彼女の視線の先には黒竜や魔獣の群れではなく、少し離れたところで身体に短剣を突き立てられて倒れているキャロラインの兄姉だった。

そして、彼らの傍には禍々《まがまが》しい雰囲気を漂わせている赤黒い球体が在った。

「っ！」

キャロラインが兄姉の元へと駆けだす。

「ルゥ姉はキャロルのフォローを頼む！　僕はソフィーの加勢に行く！」

「わかりました！」

ローガンが即座に方針をルーナに伝えると、二人は分かれて、それぞれキャロラインとソフィアのフォローへと向かった。

「【影の軍勢《シャドウレギオン》】！」

ローガンが異能を行使すると、彼の周りに影で作られた犬や鳥、延《ひ》いては象や熊といった多種多様の動物が姿を現した。

その影の動物たちが、ローガンの意思に従って大量の魔獣へと襲い掛かる。

「ルエラお姉ちゃん！　フレッドお兄ちゃん！　目を開けてよ！」

ルーナがキャロラインに追いつくと、彼女は二人の顔を覗《のぞ》きながら涙交じりの声を上げていた。

「キャロ、ライン……」

「お姉ちゃん⁉　良かった……！」

キャロラインの声が届いたのか、二人が弱々しく目を開けた。

「すぐに治療しますから、気をしっかり持ってください！」

ルーナが二人に声を掛けてから、慎重に、しかし迅速に二人に突き刺さっていた短剣を引き抜くと、即座に傷口を塞ぐために【快癒《エクスヒール》】を発動する。

「キャロライン、ごめん、なさい……」

意識の戻ったルエリアが、たどたどしく謝罪の言葉を紡いだ。

「あたしは怒ってないよ！　今はお姉ちゃんが私を大切に想《おも》ってくれているってわかってるもん！

だって、さっきの戦い、お姉ちゃんの剣は最初から温かかった！　目も表情も声も、全部が冷たかったけど、お姉ちゃんの振るう剣だけは、ずっとあたしを気遣ってくれてた！」

「……それでも、貴女を傷つけたことには、変わりない。肉体的にも、精神的にも……」

「過去のあたしへの態度も、教団や《博士》からあたしを守るためなんでしょ？　今ならわかるよ！　お姉ちゃんは謝ってくれた。あたしももう気にしてない。だから、これでお終《しま》い！　また、お兄ちゃんと一緒に、仲の良かったきょうだいに戻ろ？」

「あはは～……、なんていうか、キャロラインには、敵《かな》わないな～」

キャロラインのそんな言葉を聞いて、フレデリックは瞳に涙を溜《た》めながら呟く。

「……本当に、強くなったのね、キャロライン。凄《すご》く嬉《うれ》しい。これ以上、貴女の成長を見られないことだけが、心残りだわ……」

ルエリアは、キャロラインが自分の謝罪を受け入れてくれて、またきょうだいに戻りたいと言ってくれたことに、満足げな笑みを浮かべながら、キャロラインに別れの言葉を告げた。

「なんで、そんなこと言うの……？　ルゥ姉が今治してくれるから、大丈夫だよ。……だ、だよね、ルゥ姉……？」

ルエリアの別れの言葉を聞いたキャロラインが、二人を励ましてから、言葉を震わせながら、すがるような声でルーナに問いかける。

「…………」

その問いに対して、ルーナは答えることができなかった。

ルーナは全力で回復魔術を行使しているが、まるで容器の底に穴が開いていて、水を注いでもすぐに容器の中の水が無くなってしまうかのような、そんな手ごたえの無さを感じていた。

傷口自体はすでに塞がっている。

それなのに傷を癒《いや》せているという実感が、ルーナにはなかった。

「そんな……、嫌だ、いやだよ……。せっかくきょうだいに戻れるのに、これでお別れなんて絶対イヤだ!!」

そんなルーナの態度を見て、治せないことを察したキャロラインが、涙を流しながら声を荒らげる。

「私たちは、これまで……、たくさんの、人を殺してきた。どっちにしても、貴女と、一緒に、居ることはできない。……そうだ、忘れていたけど……、これを、渡しておくわ……」

キャロラインをあやすように優しい口調で彼女に話しかけるルエリアは、震える手で、自分の右耳に付けているイヤリングを取ると、それをキャロラインに差し出す。

同じくフレデリックも左耳に付けていたイヤリングを彼女へと差し出した。

「これは、《博士》の実験を、手伝って……、私たちが、知り得た技術で、作った、魔導具よ……。この中には、私たち、それぞれの、オリジナル魔術が、封入してあるの。貴女なら、使いこなせると、思うわ。……受け取って」

キャロラインが差し出された二つのイヤリングを受け取る。

それを見て満足そうに笑いながら、フレデリックが口を開いた。

「ごめんね、キャロライン……。謝って、赦されることじゃ、ないことは、わかってる……。半年前、キャロラインと、再会した時、生きていると知って、すごく嬉しかった……。突然のことで、すぐに、手元に、置いておきたくて。あの時も、酷《ひど》いことを、言ってしまって、ごめん」

フレデリックの謝罪にキャロラインは『怒っていない』と言いたげに、思いっきり首を横に振っている。

「私たちは、地獄に行くから、天国に行く、貴女とは、もう二度と、会えないかもしれない……。それでも、私たちは、地獄から、貴女の、幸せを、願っているわ……。【自己治癒】があるから、寿命以外で、死ぬことは、無いだろうけど、それでも、身体には、気を付けなさい。私たちの分も、長生きしなさい、キャロライン……」

苦しみの中、意識を切ることなく、ルエリアが何とか最後まで言葉を紡ぐ。

「【自己治癒】……？」

兄姉の死を拒絶しながらも、心のどこかでは助からないことを理解していたキャロラインは、姉の最期の言葉を一言一句聞き逃さないように、彼女の言葉に集中していた。

そんな時に出てきた【自己治癒】という単語に、キャロラインは引っ掛かりを覚えた。

「異能の、拡大解釈……。もしも、この異能があたし以外にも作用されれば……！」

自分の異能に一縷《いちる》の望みを託すことにしたキャロラインが、兄姉から貰《もら》ったイヤリングを収納魔導具に収納してから、二人の胸元に自分の手を軽く乗せる。

「お願い。二人を、あたしの家族を救って！」

それからキャロラインは嘱《しょく》するように声を漏らす。

「キャロル……」

キャロラインの必死な叫びに、隣に居たルーナが沈痛な面持ちになる。

「あたしは自分の異能を、呪詛《じゅそ》だとずっと思ってきた。これのせいで嫌な思いを散々してきたから。でも、他の異能者たちはみんな〝異能は自分を助けてくれる力〟だって言っている。だったら、あたしの望みを叶《かな》えてよ！　あたしももう自分の異能から逃げないから。だからお願い、二人を助けて……！」

キャロラインの異能である【自己治癒】は、異能の中では珍しく受動的な力だ。

彼女の意思が無くとも、勝手に発動されている。

これまで呪詛として認識している【自己治癒】と、向き合うことは無かった。

そんな彼女が初めて自分の異能と向き合った。

自分の大切なものを失わないために。

キャロラインは手に触れている兄姉を、自分の身体であると自身の認識を変化させる。

「…………う……ぐっ……」

その認識の変化は功を奏した。

しかしその結果、現在二人が感じている苦痛をキャロラインも感じることになった。

「キャロライン……⁉　何、しているの……！　手を、離しなさい……！」

キャロラインが苦痛の声を漏らしていることに気付いたルエリアが、何とか声を上げる。

「イヤだ……！　絶対二人を助ける……！　死なせるもんか！」

強い意志の宿った声とは裏腹に、脱力して倒れそうになるキャロラインをルーナが支える。

そして、彼女の覚悟の為《な》せる業か、【自己治癒】の効果が二人にも及び、二人の苦痛はかなり軽減されることになった。

「やった……！　成功だ！」

兄姉から流れ込んでくる苦痛がかなり少なくなったことで、キャロラインは自分の狙いが成功したことを確信して、喜びの声を漏らす。

「すごい……。あの状況から持ち直すなんて……」

長年の回復術士としての経験から、二人の再生は絶望的だと思っていたルーナは、キャロラインの執念が起こした奇跡を目の当たりにして驚愕《きょうがく》していた。

「――既に致死量の血が抜けているはずなのに、まだ生きているとは。やはり異能には無限の可能性があるんだねぇ」

兄姉が一命を取り留めたことに、キャロラインとルーナが安堵《あんど》していると、その傍にある赤黒い球体の中から男の声が聞こえてきた。

「「――っ!?」」

二人が球体の方へと顔を向けると、球体が突然破裂し、その中に圧縮されていた膨大なエネルギーの塊が、キャロラインたち四人に襲い掛かる。

ルーナが死すら覚悟して、三人を庇《かば》うように覆い被《かぶ》さる――。

◇　◇　◇

ログがソフィーの加勢に来てくれたことで、地上の魔獣を二人に任せられて余裕ができた。

上空で暴れている黒竜を押さえながら、赤黒い球体の方へ意識を割いていると、球体を構成している赤黒い霧の動きが変化した。

その魔力の動きは、天閃《てんせん》のように圧縮された魔力が爆発的に拡散する前のものによく似ていた。

「くっ！　間に合え……！」

俺が魔力の足場を蹴って、全力でキャロルやルーナ、そして兄姉と球体の間に割って入る。

「――【伍ノ型《モント・フュンフ》】！」

即座に魔剣を魔盾に変えると、予想通り球体が弾《はじ》け、辺り一帯に衝撃波がまき散らされる。

（ぐっ……！　なんて、重さだよ……！）

魔盾で衝撃波を受けるが、衝撃に耐えられないと判断した俺は、即座に術式を構築して魔術を発

動する。

「…………【空間跳躍《スペースリープ》】！」

俺と、後ろに居る四人、ついでに魔獣と戦っていたログとソフィーを、少し離れた場所に転移させる。

「はぁ……、はぁ……。全員無事か？」

想定以上の衝撃波の重さに冷や汗を流しながら、背後に居る《黄昏の月虹》のメンバーに声を掛ける。

「うん、全員生きてるよ。ししょー、助けてくれてありがと」

俺の問いかけに一番に返答してきたのはキャロルだった。

「オルンさんが衝撃波から護《まも》ってくれたので私も無事です。助かりました」

「僕たちも無事です。こっちは大した強さの魔獣ではありませんでしたし」

「だね。――ログが加勢に来てくれて、余裕をもって魔獣の相手ができていましたから、私も大丈夫です」

それから他の三人も無事であると言ってきた。

「良かった。……ようやく《黄昏の月虹》のメンバーが全員揃ったわけだが、状況はわかっているな？　まだ気の抜ける場面じゃない」

みんなに注意喚起をしていると、

「ははは。あはははは！」

少し離れた場所から、オズウェルの不愉快な高笑いが聞こえてきた。その声は複数の声が重なっているかのような鳴音だった。

赤黒い球体があった場所には、辛《かろ》うじて人の形をした化け物としか形容できない存在が佇《たたず》んでいた。

身長は二メートルを超え、肌は炭のような灰色がかった黒になっており、そこにいくつか赤黒い線が描かれている。

頭からは山羊《やぎ》の角を彷彿《ほうふつ》とさせるものが生えていて、両の肩部からは濃密な魔力が漏れ、それが竜の首のようなものを形作っていた。

魔獣やキャロルの兄姉たちを突き刺した短剣から立ち上った赤黒い霧、どこか最後に攻略した迷宮で現れた巨大な血狼を連想してしまうな。

あの赤黒い霧がオズウェルを化け物の姿に変えたのは、ほぼ間違いないだろう。

「ついに触れたぞ！　そうか。これが、術理の壁か。これを突破するのは骨が折れそうだなぁ！」

化け物――魔人になったオズウェルが上機嫌そうにつぶやく。

すぐに攻勢に出てくるかと警戒していたが、どうやらあちらから動く様子はなさそうだ。

あいつの雰囲気的に全く油断はできないが。

そして、黒竜も以前の竜群と同じくオズウェルに従っているのか、上空から俺たちを見下ろしているだけだった。

一体何を考えている？

（それにしても、また〝術理〟か。……アイツは俺が求めている〝答え〟を知っているのか？）

「師匠、あの化け物と、黒竜を引き離すことはできますか？」

オズウェルについて考えていると、近づいてきたログが質問をしてくる。

「できたとして、何をするつもりだ？」

「黒竜は、今の《黄昏の月虹《ぼくたち》》なら相手取れるはずなので、僕たちで引き受けます。だから、師匠はあの化け物に集中してください」

ログの言葉に俺は驚きを覚えた。

確かに今の《黄昏の月虹》は、ルーナが消極的に動いたとしても、上級探索者にも引けを取らない実力を有している。

その三人に、全力のルーナが加われば、確かに黒竜が相手でも勝算はあるだろう。

ログの雰囲気に気負いは感じられないし、他の三人もログの言葉を聞いてやる気十分といった表情をしている。

黒竜は、弟子たちにとってわかりやすい〝乗り越えるべき壁〟だ。

可能であれば、オズウェルに集中したかったのが本音であるため、この提案は渡りに船でもあるのも事実だ。

（安全な道だけを歩かせるのが教育とは言えないよな。こいつらの未来を本気で考えているなら、こういった試練も与えるべきだ）

弟子たちの覚悟を受けて、俺は方針を決めた。

「……わかった。あの化け物は俺が引き受ける。だから、黒竜を仕留めろ、《黄昏の月虹》！」

「「「「はい!!!!」」」」

《黄昏の月虹》の力強い返事を聞いてから、俺は一瞬でオズウェルへと肉薄する。

「【参ノ型《モント・ドライ》】」

「――っ!?」

いくら戦闘能力が跳ね上がろうとも、それを駆使している本人の戦闘経験が低ければ、怖くない。

現に俺のこの接近にも、驚いて息を飲むだけで、大した反撃ができていない。

「――っ！」

大剣の形をした魔剣を振るい、接触時に【瞬間的能力超上昇《インパクト》】を発動して、叩き飛ばす。

【瞬間的能力超上昇《インパクト》】を乗せた剣撃でも、僅かに斬り傷を付けるに留《とど》まっている。防御面もかなり強化されていそうだ。

更に【重力操作】も駆使して、強引に黒竜とオズウェルを引き離しにかかる。

俺もオズウェルを追いかけるようにして、この場から離れた。

◇
「ぐっ！　鬱陶しい！」

強制的に上空を地面と水平に飛んでいるオズウェルが、愚痴を零《こぼ》していた。

それを無視して、ある程度黒竜から離れたところで俺は再びオズウェルに肉薄する。

俺の接近に気が付いたオズウェルが、両の肩部から現れている魔力の竜を伸ばしてきた。

竜の顎で俺を食らおうとしている。

「そんな単純な動きで、俺を捉えられるわけ無いだろうが！」

魔力の竜を躱し、大剣となっている魔剣を振り下ろして、オズウェルを地面に叩きつける。

魔力の足場に立ち、地に落ちたオズウェルを見下ろす。

「今のも大したダメージにはなっていないか」

オズウェルに振るった剣に手応えはなかった。

（弟子たちを信じていないわけじゃないが、アイツらと早く合流するに越したことは無い。――だが、本当にコイツが〝術理〟の答えを持っているなら、答えが得られるまでは泳がせてみるべきか
……？）

そんなことを考えていると、

「くはははは！　全く痛くない！　今なら誰にも負ける気がしないなぁ！」

地面に叩きつけた際に巻き上がった土埃《つちぼこり》の中から、オズウェルの声が聞こえてくる。

「オルン・ドゥーラ、お前には今の俺の実力を測る物差しになってもらうぞ！」

オズウェルがそう言い放つと、四方八方から先端が鋭利になっている氷塊が襲い掛かってくる。

「…………【伍ノ型《モント・フュンフ》】」

再び魔剣を魔盾に変える。

俺の周囲を漆黒の魔力による膜で覆い、氷塊の攻撃を防ぐ。

「ほらほら！　まだまだ行くぞ！」

オズウェルが愉《たの》しげにそう口にすると、複数の落雷と巨大な竜巻が襲い掛かってくる。

特級魔術である【天の雷槌《ミョルニル》】と【千刃の竜巻《サイクロン》】を優に超える威力と規模だ。

加えて大きな炎の弾が降り注いできたり、地震によって地面が割れたりと、天変地異の前触れと思えるほどの天災が、俺の周りに生まれている。

「どうだ、《竜殺し》！　これが術理の臨界点に到達した、最高峰の魔術だ！　凡人が一生を懸けても到達できない領域だぞ！　あはははは！」

襲い掛かってくるさまざまなものを躱したり魔盾で凌《しの》いだりしているところに、オズウェルの自慢げな言葉とともに高笑いが聞こえてくる。

だが、そんなオズウェルの言動が気にならないほどに、俺は高揚していた。

「そうか。それが術理の臨界点か。オズウェルを泳がして正解だったな。ようやく答えを――終点を識ることができた……！」

長年求めていた答えを識ることができたためか、自然と口角が上がっていることがわかる。

オズウェルは弟子を傷つけた張本人だ。

到底赦せる相手ではない。

だが、この点だけは感謝しないといけないかもしれないな。

これで俺は、もう一段階成長できたのだから。


――『良いか、オルン。これからお主に魔術を教えるが、その前提として知っておいてもらいたいことがある。それが、〝術理〟じゃ。簡単に言うと、〝この世界特有の法則〟じゃな』

俺がじいちゃんに師事して、本格的に魔術を学ぶことになったとき、じいちゃんが最初に俺に言った言葉だ。

魔術は、この術理の上に成り立っている技術となる。

それは言い換えると、術理を識ることができれば、無駄の一切ない完璧な魔術を行使できるということ。

より自由な魔術が行使できるということ。

じいちゃんが術理について話してくれたのは、あの時が最初で最後だった。

そして、あの時のじいちゃんが話を締めくくった言葉が、印象に残っている。

――『お主は将来、この術理に直接的もしくは間接的に触れることになるじゃろう』

俺は昔から、見聞きして理解した知識や技術を、他人よりも圧倒的に短い時間で自分のモノにすることができた。

器用というか、飲み込みが早いというか。

だからこそ、昔は調子に乗って色んな知識や技術を貪っていた。

そして、その全てを自分のモノにするのに時間がかかってしまい、全部が中途半端で、結果『器用貧乏』なんて言われていたこともあるが。

じいちゃんから教えてもらった〝術理〟についても、ある程度理解はできている。

だからこそ、魔術の不具合ともいえる術理から外れたオリジナル魔術――【瞬間的能力超上昇《インパクト》】を開発することができたわけだしな。

だが、それでも術理への理解はまだまだ浅い。

その理由は単純。

不具合の原因を解明できていないから。

俺はこれまで様々な人が扱うそれぞれの技術を見て学び、それを自分の力へと昇華して成長してきた。

だから俺は求めた。

――術理を理解し、〝完璧な魔術〟を行使できる者を。

そいつの扱っている魔術を見れば、俺も術理をさらに深く識れる。

そんな確信が、感覚的にあった。

そして、遂に俺の求めていた存在が目の前に現れてくれた。

じいちゃんの言っていた〝将来〟が、〝今〟なのかもしれない。


オズウェルの魔術は、他の者が扱う魔術とは一線を画している。

「なるほどな、これが術理か」

ようやく術理に辿《たど》り着《つ》いた俺は、術式を構築してから魔術を発動する。

オズウェルが作り上げた天災が、新たな天災とぶつかり、両者ともに掻《か》き消《き》えた。

「…………は？」

先ほどまで勝ち誇ったように高笑いしていたオズウェルが間抜けな声を漏らす。

「手本を見せてくれたこと、感謝するよ」

オズウェルにそう告げると、

「手本、だと……？　まさか、貴様……！　道化の分際が、調子に乗りやがって!!」

どうやら今の俺の発言は、オズウェルにとってクリティカルだったらしく、思っていた以上に激《げき》昂《こう》してくれた。

オズウェルが怒鳴りながら突っ込んでくる。

奴自身よりも先に、奴の肩部から現れている魔力の竜が攻撃してくるが、竜共を魔剣でぶった斬る。

普通の剣であれば魔力の塊であるこの竜に触れることはできないだろうが、こっちも同じ魔力の剣だ。

魔剣なら魔力の竜を捉えることができる。

オズウェルが剣の間合いに入ったところで魔剣を薙ぐ。

コイツは脅威であるが、戦闘経験を積んでいないことは佇まいや身体の動かし方からも分かる。

戦闘における駆け引きには、俺に分がある。

魔剣がオズウェルの胸元を斬り裂いた。

「ぐぅっ！　クソが！」

オズウェルがこれ以上の接近を嫌って、回し蹴りを繰り出してくる。

「さっきも言っただろ。そんな隙だらけの攻撃が、俺に届くわけ無いって！」

蹴りを躱し、魔剣を長剣から二本の短剣に切り替え、更に斬り刻む。

「羽虫が！　離れろ！」

オズウェルが声を上げると、奴の周りに魔力が集まっていくのを感じたため、即座に距離を取る。

その直後、奴の周囲で大きな爆発が起こる。

煙が晴れて、そこから現れたオズウェルは、表情こそわからないが怒気を周囲にまき散らしている。

「道化が！　俺の邪魔をするな！」

「……ずいぶんと口が悪くなったな。化けの皮が剝がれ始めているんじゃないか？」

「黙れっ！　もうベリアの計画なんてどうでもいい！　今ここで、お前をぶっ壊してやる！」

オズウェルから先ほどまでわずかに残っていた知的な雰囲気や余裕は無くなり、獣のように本能に従っているような言動になった。

「……それはこっちのセリフなんだよ。お前がこれまでキャロルに与えてきた痛みや恐怖、その全てをお前の心身に刻み込んでやる」

「ぎゃははははは！　俺の身体に刻むだと⁉　俺には【自己治癒】があるんだ！　傷をつけられようが、すぐに治――――」

自分が死ぬことは無いと思っているオズウェルが、品性の欠けた笑い声を発しながら、死なない理由を語っていると、突如黙り込んだ。

そして、オズウェルは自分の胸元へと視線を落とす。

そこには、俺が先ほどオズウェルと黒竜を引き離すために大剣を振るった時にできた斬り傷があった。

「何故《なぜ》だ……？　何故傷が治っていないんだよ⁉」

つい先ほど斬りつけた傷は既に塞がっている。

だが、それよりも前に付けた斬り傷は未だに消えないまま残っている。

(この二つの斬り傷の違いは、【瞬間的能力超上昇《インパクト》】の有無しか違いはない。まさか、【瞬間的《イン》能力超上昇《パクト》】にこんな副次効果があるなんてな)

俺が考察している間も、オズウェルは錯乱していて隙だらけだった。

だったらこの隙に、試させてもらおうか。

俺は手に持っている魔剣に意識を向け、【魔剣合一《オルトレーション》】の術式を改竄《かいざん》する。

(求めているのは、最速の斬撃。すると、形状はフウカの刀のような……)

即座に術式の改竄を済ませ、呟く。

「――【漆ノ型《モント・ズィーベン》】」

声とともにイメージを固めると、魔剣がその形を変える。

魔力で形作られた漆黒の刀へと。

腰を落とし、魔刀を左腰の付近に持っていき、オズウェルから見えないように俺の身体で隠す。

(イメージは各地の迷宮攻略で何度も見てきた、フウカの縮地と居合抜刀術の合わせ技)

集中力を高めながら、フウカの動きを反芻《はんすう》する。

加えて、魔刀の刀身に冷気を纏わせる。

術理を識ったことで、俺の扱う魔術は進化したと言える。

それはオリジナル魔術も例外ではない。

【魔剣合一《オルトレーション》】は、端的に言えば、収束させた高密度の魔力を任意の形に留め、様々な武器として扱う魔術だ。

そして、その収束魔力には精霊も大量に含まれている。

術理の臨界点に達した【魔剣合一《オルトレーション》】は、意図的に精霊の特性を反映させることができるようになった。

今回は氷の精霊の特性を反映させたことで、刀身に触れたものを凍《い》てつかせることができるようになっている。

「な、なにをしようとしている……⁉」

俺の身体でオズウェルから魔刀は見えないだろうが、それでも異彩を放っている魔刀を感じ取ったのか、混乱していたオズウェルが戸惑いの声を漏らした。

「術理の臨界点を教えてくれたお礼だ。しっかり受け取ってくれよ」

オズウェルにそう告げてから、魔力の足場を蹴り、縮地によって一瞬で奴との距離を詰める。

何度も見てきたとはいえ、武術の極致たる技法に数えられる縮地は、当然だがそう簡単ではなかった。

「――っ⁉」

オズウェルが俺の肉薄に反応して身体を反らす。

――が、完全に避《よ》けることはできておらず、

「――っ‼」

すれ違いざまに【瞬間的能力超上昇《インパクト》】を乗せて振るった魔刀が、オズウェルの左腕を斬り飛ばす。

「ぐああああぁぁぁ⁉」

これまで治ると思っていたため痛みを無視することができていたのだろうが、治らないと解《わか》って耐えることはできなかったのだろう。

オズウェルの絶叫が辺りに響く。

そのまま数メートルほど進んだところで止まると、再び魔力の足場の上に立つ。

「ま、ぶっつけ本番にしては上出来だろ」

斬り飛ばした奴の左腕の傷口が凍てついて出血していないことを確認しながら、満足感を声に換えて呟く。

（氷の精霊の特性を乗せた斬撃。本来ならアイシクルエッジとでも名付けるところだが――。今回はキョクトウリスペクト《フウカ》ということで、〝氷魔之太刀《ひょうまのたち》〟と言ったところかな）

「また治らない……⁉　ふざけんな、オルン・ドゥーラ‼　絶対に殺す‼」

【自己治癒】が発動されないことが分かったオズウェルが、激昂しながらこちらに突っ込んでくる。

「――【時間膨張《インフレーション》】」

【重力操作】で俺の時間を引き延ばす。

緩やかに進んでいる世界で術式構築を行い、順次魔術を発動していく。

「――【超爆発＋連鎖《エクスプロード・チェイン》】」

連鎖爆撃がオズウェルを襲う。

自分の体感時間を周りに合わせていると、オズウェルはこの攻撃には耐えられなかったようで、黒焦げになりながら地面に墜《お》ちる。

それを眺めながら、左の手のひらの上に収束魔力を創り出す。

その収束魔力に火の精霊の特性を反映させることで、漆黒の魔力が燃え盛り始めた。

「くそっ！　こっちは魔人に成り、尚且《なおか》つ術理に触れたんだぞ！　それなのに、何でこんなに差があるんだよ！　こんなの絶対に認めてたまるか！」

そうこうしているうちに【自己治癒】で復活したオズウェルが、怒りと苛立《いらだ》ちを含んだ声を上げていた。

爆撃による火傷《やけど》やダメージは消えていたが、左の肩口から先は無くなったままだ。

オズウェルの怒りに呼応するように、再び超巨大な竜巻が発生し、それが俺に迫ってきた。

「術理の終点は識れたんだ。もう、お前と問答をする必要もない——【陸ノ型《モント・ゼクス》】」

シュヴァルツハーゼを魔弓へと変えてから、燃え盛る収束魔力を矢にして魔弓に番《つが》える。

「擦り潰れろ、オルン・ドゥーラ‼」

「これで終わりだ。——炎魔之矢《えんまのや》！」

魔弓から放たれた燃え盛る漆黒の矢が竜巻を消し飛ばす。

それでも矢の勢いは衰えることなく、【瞬間的能力超上昇《インパクト》】を乗せた矢がオズウェルの腹部を貫いた。

「……あ、……がっ……」

オズウェルの腹部周辺が即座に炭化し始める。

「どうして、どうして、俺が、こんな目に、遭わなければならない⁉」

オズウェルの近くに着地すると、奴は息を絶え絶えにしながら泣き言を漏らしていた。

「…………」

今のオズウェルにここを離脱できるだけの余力が無いことを確認した俺は、念のため【標的捕捉《マーキング》】を発動してから、黒竜と戦っている弟子たちと合流するべく、奴に背を向ける。

情報を手に入れるためにも、コイツを殺すわけにはいかない。

だが、簡単に済ませてしまえば、コイツに非道な扱いを受けてきた人たちの溜飲《りゅういん》も下がらないだろう。

だから、しばらくはこの場で苦しんでいろ。

「待て！　俺の知っている情報を渡すから、俺を助けろ！　俺が死ねば世界の損失は計り知れないぞ⁉　それでも俺を見殺しにするのか⁉」


「――はい。殺しますよ」


オズウェルの言葉を無視してこの場を去ろうとしたところで、突如誰も居なかった場所から柔らかい声質の男の声が聞こえた。

声のした方を見ると、そこに居たのは元勇者のゲイリーを魔人に変えた、長い金色の髪を肩口で纏めている男だった。

直後、オズウェルの身体に無数の細い光の線が走り、全身から血が噴き出す。

「がぁっ！　……スティーグ、お前が、何故、ここに……⁉」

「ふむ……。《博士》という大層な異名で呼ばれている貴方にしては、察しが悪いのではありませんか？」

スティーグと呼ばれた男とオズウェルが話をしている隙に、スティーグの背後に回った俺は、奴の背に魔剣を振るう。

しかし、音も予備動作もなく目の前からスティーグが消え、魔剣は空を切った。

「いきなりですね。ですが、良い判断だと思いますよ。まぁ、無駄ではありますが」

オズウェルの側に移動していたスティーグが、俺に言葉を投げかけながら無造作に腕を振るうと、その手刀がオズウェルの身体を上下に両断した。

そして、そのまま【自己治癒】が発動することなく、オズウェルが目を覚ますことも無かった――。

「………」

スティーグの得体のしれない存在感に、冷や汗が止まらない。

以前会ったときのコイツは、視界に捉えていても見失ってしまいそうなほど気配が希薄だった。それなのに、今は人の皮を被った化け物にしか見えない。

「お久ぶりですね、《竜殺し》殿。あぁ、そういえばまだ自己紹介をしていませんでしたね。私は【シクラメン教団：第八席】《羅刹《らせつ》》スティーグ・ストレムと申します。以後お見知りおきを」

そう言いながらスティーグが、演技がかった貴族のような仰々しい挨拶をしてきた。

第八席、か。コイツとオズウェルを除いても、最低でもあと六人は教団の幹部が居るのか。

「ゲイリーに続いてオズウェルまで……！　お前は何がしたいんだよ！」

《シクラメン教団》がクズの集まりであることは理解している。

そんな連中と価値観が合わないこともわかっている。

それでも言わずにはいられなかった。

俺にとって仲間は、何よりも大切な存在だから。

「何がしたいと言われましても、不要になったゴミを処分しただけですが？　不要なものを処分して何故ここまで怒りを向けられないといけないのでしょうか？」

俺の問いにスティーグはあっけらかんと答える。

「そうか。よくわかったよ。お前とは相容《あいい》れないことがな！」

オズウェルから得ようと考えていた情報を失ったため、それをスティーグから聞き出すべく、奴との距離を一瞬で詰め、魔剣を振るう。

だが、先ほどと同様突如目の前から消え、俺の剣は届かなかった。

「良い太刀筋ですね」

再び離れたところに現れたスティーグが感心したような声を発する。

即座にスティーグが居る場所へ天閃を放つ。

「実は貴方と《博士》の戦い、私は遠目から見ていたんですよ」

先ほどまで離れたところに居たはずのスティーグの声が、真後ろから聞こえてきた。

「――っ⁉」

振り向きざまに魔剣を薙ぐが、またしても捉えることはできなかった。

「以前会ったときは児戯に等しい魔術でしたが、今はきちんと魔術を扱えるようになっていて驚きました。やはり、貴方の成長速度には目を見張るものがありますね」

再び間合いの外に現れたスティーグが、嫌味を言ってくる。

「ですが、ここで戦うのは止《や》めておきましょう。私にはこれから予定もありますし、貴方との戦いにふさわしい舞台は、近いうちに整います。そうしましたら、遊んであげますよ。その日を楽しみに待っていてください。あくまで今日の私は《博士》を処分しに来ただけですので」

まるで親が子どもをあやすような口調で声を掛けてくる。

気にくわない。だけど、今の俺ではまだ届かない相手であることはわかった。……見逃されている感は否めないが、これ以上踏み込むのは避けるべきか。

くそっ、これでもまだ実力が足りないのか！

「私の想いが伝わって良かったです。では、また会う日まで」

その言葉を最後にスティーグの姿は消え、気配も感じ取れなくなった。

◇　◇　◇

一方その頃、《黄昏の月虹》と黒竜の戦いも熾烈《しれつ》を極めていた。

上空では二体の竜が戦闘を繰り広げている。

片方は南の大迷宮九十二層のフロアボスである黒竜。

そしてもう一体は、

「【影竜《えいりゅう》】、黒竜の動きを止めろ！」

ログが声を上げると、竜の形をした巨大な影が黒竜にまとわりつき、動きを阻害していた。

「行きますよ、ソフィー！　合わせてください！」

「うん！　いつでも行けるよ、ルゥ姉！」

ルーナがソフィアに声を掛けると、ソフィアは力強く返事をする。

「精霊魔術――【岩漿墜下《ヴォルカニックフォール》】！」

ピクシーの力を借りたルーナが魔術を発動させると、上空に巨石が現れる。

【岩漿墜下《ヴォルカニックフォール》】は、土系統の特級魔術である【巨石墜下《メテオ》】をベースに火系統を加えた複合魔術だ。

超高温によってドロドロに溶かされ、溶岩となった巨石が影によって雁字搦《がんじがら》めになっている黒竜めがけて墜ちる。

本来であれば、直撃する攻撃となったはずだ。

しかし、黒竜は大迷宮の深層を護るフロアボスの一体。

黒竜の魔法による紫色のモヤが迎撃したことで、マグマの塊は消失してしまった。

そんな光景を見て、ルーナとソフィアは不敵な笑みを浮かべた。


黒竜の魔法がルーナの精霊魔術を相殺する少し前――。

キャロラインは他のメンバーから少し離れたところで、兄姉から受け取ったイヤリングを付けて、瞑想《めいそう》するように目を閉じながら集中力を高めていた。

そんな彼女の傍にいる、ルエリアとフレデリックが声を掛ける。

「いい？　キャロル、貴女ならできるわ。自分と仲間と、私たちを信じなさい」

「目に見えるものを恐れないでね～。それは、僕が感じている世界と同じだから～」

「うん！　あたしは《黄昏の月虹》の仲間を信じてる。お姉ちゃんとお兄ちゃんを信じてる！」

兄姉の言葉を受けて、キャロラインが力強く返事をすると、彼女の全身から翠色《みどりいろ》に揺らめく炎のようなオーラが漏れ出始める。

そして、目を開くと、その両の瞳には魔法陣が浮かんでいた。

キャロラインの視界は普段以上に色鮮やかになっていて、より一層鮮やかな橙色《だいだいいろ》に染まっている場所から、溶岩の塊が現れた。

「キャロル、お姉ちゃん、行くよ～！　――【空間跳躍《スペースリープ》】！」

キャロラインとルエリアが、溶岩の陰に隠れるようにして空中に転移すると、眼下にあった巨大な溶岩が黒竜の魔法によって消え去った。

二人がその光景に驚くことは無く、

「黒竜をぶった斬ってきなさい！　キャロル!!」

キャロラインにエールを送りながら、ルエリアは全力で自分の身長に迫る長さの長剣を振り下ろす。

その剣に足を乗せていたキャロラインが、タイミングを合わせて刀身を蹴り、黒竜へと肉薄する。

キャロラインの身体を覆っている翠色のオーラが、彼女の握る短剣まで包み込んだ。

一瞬で黒竜との距離を詰めながらも、キャロラインの視界は様々な情報を捉えている。

「絶対に、斬る!!」

そして、キャロラインがすれ違いざまに二本の短剣を振るう。

――それぞれの刀身が、黒竜のウロコとウロコの隙間を正確に通り過ぎ、大きく、そして深く黒竜を斬りつける。

「今だよ、ソフィー!」

キャロラインの合図を受け取ったソフィアが魔術を発動する。

「――【増幅連鎖《レイズ・リピート》】!」

師匠《オルン》から受け継いだ彼のオリジナル魔術が、黒竜に牙を向く。

空中に再び魔法陣が現れると、そこからルーナが作り出した溶岩よりも、更に大きい溶岩が黒竜を襲う。

硬質なウロコに覆われている黒竜であれば、この溶岩で大きなダメージを受けたとしても、致命傷とはならなかった。

しかし、今はキャロラインが付けた傷口がある。

『ピクシー、黒竜の内側から焼き尽くしてください！』

ルーナがピクシーに念話で指示を出すと、マグマは黒竜の傷口から中へと侵入した。

外皮が硬質なウロコで守られていても、その内側から攻撃を受ければ、硬いウロコは意味を成さない。

超高温のマグマに耐えられず、黒竜はその姿を黒い霧へと変えた。

「やったぁ！」

キャロラインが落下しながら両手を頭上に伸ばして、全身で喜びを表現していた。

そんなキャロラインを、ローガンが影をクッション代わりにして受け止める。

「おい、危ないだろ！」

キャロラインが無事であることを確認したローガンが彼女に苦言を呈する。

しかし、キャロラインは全く気にした様子は無く、

「だって、ログが受け止めてくれるってわかってたも〜ん！　そんなことより、ログ！　あたしたち黒竜に勝ったよ！」

満面の笑みをローガンに向け、興奮したような声を上げた。

そんな彼女の瞳からは既に魔法陣が消え、翠色のオーラも無くなっていた。

そんなキャロラインを見て、ローガンは目尻を下げる。

「あぁ、やったな！」

それから黒竜討伐の実感が湧いてきたローガンの表情にも満面の笑みが浮かんだ。

二人で喜び合っていると、ソフィアとルーナが近づいてくる。

「ルゥ姉もソフィーも、最後の魔術すごかったよ～！」

その接近に気が付いたキャロラインが、勢いよく二人に抱き着く。

「わわっ、……キャロルもすごかったよ。黒竜を斬っちゃうなんて、オルンさんみたいだった」

「ふふっ、そうですね。これは全員の力が無ければ得られなかった勝利ですよ」

「二人ともありがと～！　えへへ～、二人の匂いがする～」

兄姉との和解や黒竜との戦いの高揚感によるものなのか、キャロラインは普段以上にテンションが高く、二人の身体に自分の顔をうずめていた。

ルーナがそんなキャロラインや一緒に抱きしめられているソフィアを慈しむように見ながら、彼女たちの頭をそっと撫《な》でる。

「頑張りましたね、キャロル。ソフィーもお疲れさまでした。――二人とも本当に成長しましたね」

――ルーナは《黄昏の月虹》に加入する際に彼女たちに発破をかけた。

『師匠《オルン》を超える気概はあるのか』と。

拾ってくれた恩に報いるために、自分を押し殺してでも《黄昏の月虹》の成長に寄与しようと、ルーナなりに覚悟して発した言葉だった。その結果、彼らに嫌われることになったとしても。

結果、《黄昏の月虹》はルーナを仲間として受け入れ、各々がルーナのあの時の言葉を胸に刻んで、探索者の大半が成し得ていない大迷宮深層のフロアボスを斃《たお》すという結果を出した。

それがルーナにとっては何よりも嬉しいことだった。

それから、ローガンも加えた四人は、オルンと合流するまで喜びを分かち合っていた。

◇　◇　◇

場所は変わり、ダルアーネ近郊の迷宮最奥。

オルンたちと別れ、迷宮へと向かったフウカとハルトは、地上へ魔獣を出さないために、迷宮内の魔獣を全滅させてから迷宮最奥へとやってきた。

「フウカ、オルンたちの方も終わったようだぞ。オルンも《黄昏の月虹》の面々も全員無事だ」

迷宮核を支えている柱を斬り、迷宮核を確保しているフウカを眺めながら、【鳥瞰《ちょうかん》視覚】を駆使してオルンたちを確認したハルトがフウカに状況を伝えた。

「《博士》は死んだの？」

フウカが刀身に付着していた血を払い、刀を鞘《さや》に納めながらハルトに問いかける。

「……あぁ。だが、殺したのはオルンじゃない。別の人間だ」

「そういう言い方をするってことは、ハルトの知らない人物？」

「そうだな、初めて見る人間だった。《アムンツァース》から貰っている情報にもソイツと合致する人間は居ない。ノーマークの人間である可能性が高いな」

「……そう」

「淡白な反応だな。【自己治癒】の異能を持っていて、尚且つ魔人に成ってまでこの世界の理《ことわり》ってやつに近づいた人間を殺した人物だぞ？　もっと警戒しなくていいのかよ」

「今更強敵が一人増えたところで大勢《たいせい》はそう変わらない。分岐点である明日を迎える前に教団の幹部を一人排除できただけで、結果としては上々」

フウカの言葉を聞いたハルトが顔を顰《しか》める。

「分岐点、か。お前は本当に〝例の計画〟に乗るのか？　俺は概要しか聞いてないが、あんなもん、賭けもいいところだろ」

ハルトが苦々しげに考えを吐露すると、フウカはゆっくりと首を横に振る。

「ハルト、勘違いしている。『乗る』じゃなくて、『乗らざるを得ない』だよ。残念だけど、現時点で私たちは既に詰んでいる。この状況をひっくり返すのは生半可な手段では無理だから。たとえその結果として、オルンに恨まれることになったとしても」

「……お前が納得しているなら、俺はこれ以上とやかく言わねぇよ。――本当に、いいんだな？」

「うん。私は――オルンの剣だから」

「そうかい」

そして二人は、オルンのもとへ歩き出した——。

◇　◇　◇

スティーグに横取りされる形になったが、オズウェルと決着を付けた俺が《黄昏の月虹》たちのもとへ向かうと、キャロルとソフィー、ルーナが笑顔で抱き合っていた。

《黄昏の月虹》は無事に黒竜を斃せたということだろう。

無事に壁を乗り越えられたようで何よりだ。

「あ、師匠！」

女性陣三人と少し離れたところに居たログが、俺に気づいて近づいてきた。

「黒竜を討伐したんだな。よくやったな」

「ありがとうございます！　ルゥ姉の力が大きかったですが、何とか斃すことができました！」

「ししょー！　あたしたち遂に黒竜を斃したよ～！」

満面の笑みでキャロルが喜びの声を上げる。

そういえば、俺がこの子たちの師匠になった日に問うた将来の夢や目標で、キャロルは「教導《きょうどう》探索《たんさく》でみんなから笑顔を奪った黒竜を殺したい」と言っていた。

あの時と比べると随分と心情は変わっているだろうが、それでもその気持ちは強く残っていたということなんだろうな。

「あぁ、お前たちなら成し遂げられるって信じてたよ」

「えへへ～」

「お、オルンさん、その……」

続いてソフィーがためらいがちに口を開く。

ソフィーと再会してから、満足に話をすることもできずにオズウェルとの戦闘に移ってしまった。

何を話せば良いのか分からないと言ったところか？

そんなことを考えながらソフィーに笑顔を向け、言葉を紡ぐ。

「ソフィーも頑張ったな。《夜天の銀兎》の探索者として立派な働きだった。これからもよろしく頼むよ」

俺の言葉を聞いたソフィーの顔がパッと晴れやかになる。

「っ！　はいっ！　任せてくださいっ！」

「ルーナもこの子たちをフォローしてくれてありがとう」

最後に穏やかな表情で後ろから俺たちを見ていたルーナに声を掛ける。

「いえ、私は自分のやりたいようにやっていただけですよ。――ですが、そうですね。ここは貸し一つとしておきましょうか」

俺の感謝の言葉に、ルーナが冗談交じりにそう言ってくる。

「ルーナの頼みなら貸しが無くとも力を貸すんだけどな」

《黄昏の月虹》の面々と言葉を交わしてから、俺は近くに居たキャロルの兄姉たちの元へと近づいていく。

二人ともオズウェルによって殺されかけていたためか、顔色はあまり良くないが、命に別状は無さそうだ。

二人は教団の関係者だが、キャロルの兄姉でもある。

ここで放置すれば、二人が酷い扱いを受けるかもしれない。

可能な限り俺の方でフォローするためにも、できるだけ近くに居て欲しい。

「お前たちにも一緒にダルアーネまで来てもらう。二人とも歩けるか？」

「……ええ。これ以上激しい動きは難しいけど、ダルアーネまで歩くくらいの体力は残っているわ」

「僕も同じく～。できれば、ダルアーネでは丁重にもてなしてほしいな～」

俺の問いに二人が答える。

「お前たちは、教団の情報を持っている貴重な存在だからな。キャロルの身内でもあるわけだし、酷い扱いをされないように、俺の方からルシラ殿下に頼むつもりだから、その点は安心してくれ」

「ししょー……！」

俺と二人の会話を心配げな表情で見ていたキャロルの表情が明るくなった。

「それじゃあフウカたちとも合流して、全員でダルアーネに向かおうか」

幕間《まくあい》　女王の覚悟

◇　◇　◇

ヒティア公国の首都に本店を構える大陸有数の商会――ダウニング商会。

その建物のとある一室で、シオンは眠りについていた。

そんな彼女を従者であるテルシェが、珍しく眼鏡を掛けながら看病している。

『シオンの調子はどう？』

テルシェがベッドの脇で椅子に腰かけながらシオンの寝顔を眺めていると、頭の中に声が響いた。

彼女は精霊の瞳で作られた眼鏡越しに声の主であるティターニアを視界に捉える。

「……相変わらず眠りについたままです。むしろ、貴女《あなた》の方が詳しいのではありませんか？　妖精の女王は未来が視《み》えているのですよね？」

ティターニアの問いにテルシェが首を横に振りながら答え、逆に質問を投げかける。

『確かにウチにはある程度の未来が視えている。でも、この子は超越者になったからね。ウチが識《し》れる範疇《はんちゅう》には既にいない。……外に触れた直後に世界全域に干渉するほどの魔法を行使したからね。相当な無理をしたはずだ。いつ目を覚ますかは、ウチにも全く予想できないよ』

今年の初め、《アムンツァース》は大規模な作戦を展開した。

それは、ティターニアからもたらされた情報を基に、大陸各地にある《シクラメン教団》の拠点を同時多発的に襲撃するというもの。

大陸の西側は教団の幹部が《導者《どうしゃ》》と《博士》しかいないことに加え、ノヒタント王国とサウベル帝国の戦争の方へ注力していたため、予定通りに事を運べた。

対して東側は、教団幹部の一人である《戦鬼》の妨害もあり、《アムンツァース》側にも少なくない被害が出てしまっている。

そんな作戦の中、シオンは単独で教団の中でも重要拠点と思われる農場《ファーム》への襲撃を行い、シオンにとって天敵とも呼べる【魔力喰《ぐ》い】の魔人と対峙《たいじ》することになった。

その戦いの過程で、シオンは術理の外に触れて、超越者となるに至る。

しかし、外に触れて膨大な情報の海に放り出されたことや世界全域に干渉したことにより、限界を迎えたシオンは意識を失ってしまった。

近くで別の作戦を実行していたテルシェが、すぐに自分の仕事を終わらせてシオンの元を訪れ、既に地面に倒れている彼女を見つけて、ヒティア公国へと運ぶこととなった。

それ以降、シオンは未《いま》だに目を覚ましていない。

「これも貴女の予想通りの展開なのですか?」

鋭い目つきでティターニアを見据えながら、テルシェは問いかける。

『それは誤解だ。確かにシオンの異能は、アイツの計画に於《お》いて最大の不確定要素となっていることは事実だ。しかし、アイツもウチもシオンが介入してくることを前提に考えていた。そのことは信じて欲しい』

「そうですか。なら、良《い》いです」

『……意外だね。君ならもっと怒るかと思っていたけど』

ティターニアはテルシェのことをあまり知らないが、それでもシオンを第一優先に動いている人物だと思っていたため、もっと食い下がってくるかと推測していた。

「これを選ばれたのがシオン様本人なら、私はその選択を尊重するまでです。この場合、逆にシオン様の選択に異議を申し立てる者は容赦しません」

『……そうか。ウチにも以前主《あるじ》がいたから、キミの気持ちも少しはわかるよ。——だからこそ、主の選択したこの世界を否定する人間どもを、ウチは決して赦《ゆる》さない。たとえウチの存在を引き換えにしたとしても、奴《やつ》らは地獄に叩《たた》き落とす』

普段のティターニアは表面的な感情を見せることはあるが、真意を見せることはほとんどない。

しかし、今のティターニアの発言には、本物の感情が乗っていた。

第五章　後始末

◇　◇　◇

　オズウェルが死亡し、ソフィーの婚約から端を発した今回の件が一定の収束を見せたところで、俺はフウカたちと合流し、ダルアーネに居るルシラ殿下の元へやってきていた。

「――以上が、迷宮攻略及び先ほどの件の報告になります」

　そこで迷宮攻略の依頼を受けてから、オズウェルとの一件までの出来事を大まかに報告した。

「オルン、フウカ、ハルト、まずは王女として貴方《あなた》たちにお礼を言わせてください。迷宮攻略は勿論、この地に降りかかったであろう教団の災いを事前に防いでくださったことに感謝申し上げます」

　俺の報告が終わると、それまで神妙な表情で聞いていたルシラ殿下が俺たちに頭を下げてきた。

　この場に居る人間が、俺とフウカ、ハルトさんの他にルシラ殿下と護衛のローレッタさんしかいないとはいえ、一国の王女が平民である俺たちに頭を下げるなんてよっぽどなことだ。

「頭をお上げください、殿下。教団とやり合ったのは、あくまで私自身の都合によるものです」

　これは本心だ。《シクラメン教団》は叩《たた》き潰すと決めた相手だったし、何よりもソフィーに手を出した。そんな相手を赦《ゆる》すことなんて到底できないからな。

「私もオルンと同じ。あくまで私たちにとって必要なことをしたに過ぎない」

俺の言葉に続いて、フウカも口を開いた。

フウカが事前に予測していた通り、俺がオズウェルの相手をしていたタイミングで、迷宮内の魔獣の動きが活発になったらしい。

とはいえ、魔獣はフウカたちが全滅させていたため、ダルアーネに被害は一切無かったと聞いている。

フウカとハルトさんの戦闘力と異能があるとはいえ、迷宮内の魔獣を短時間で全滅させるなんて、本当にこの人たちは底が知れないな。

「……貴方たちに依頼して正解でした。貴方たちでなければ、迷宮攻略にはより時間がかかっていたでしょうし、ダルアーネにも大きな被害が出ていたはずです」

現在ダルアーネには、近隣諸国の要人が多く滞在していると聞く。

そんなタイミングでダルアーネに被害が出れば、要人の身も危なかったし、仮に被害が出なかったとしても外交問題になった可能性は充分にある。

帝国との戦争にあたり、近隣諸国の協力が必須となっているこの状況で、そんなことになっていたらと想像するだけで恐ろしいな。

「先ほども申し上げた通り、今回の一件はあくまで私個人の都合が多分に含まれておりますので。

しかし、それで結果的にルシラ殿下のお力になれたのであれば、光栄の至りに存じます」

俺が何気なくそう言うと、ルシラ殿下は目を細めた。

「本当に貴方という人は……」

ルシラ殿下が嬉《うれ》しそうに呟《つぶや》いている姿を見て、リップサービスが過ぎたかな……？　と考えていると、隣から視線を強く感じた。

「……やっぱりオルンは王女様のことが好きなの？」

ジト目で俺を見てくるフウカが、突拍子もないことを聞いてくる。

「……なんで、そんな話になるんだ？　というか、『やっぱり』ってなんだよ……」

「傍《はた》から見てると、王女を口説いているようにしか見えないから」

普段感情をあまり見せないフウカだが、その表情には不満の色が浮かんでいるように見える。だけどそれは、嫉妬とは何か違うような、言葉にするのが難しい表情だ。

「いや、そんな意図は――」

「あら、やはり私は口説かれているのですね。まぁ！　どうしましょう……！」

フウカの発言を聞いたルシラ殿下が、顔を両手で覆いながら、全く困ってなさそうな声音で呟く。表情や雰囲気からして、完全に愉《たの》しんでいるな。

「ルーシー、戯れが過ぎるよ。安心して気が緩んでしまうのはわかるけど、大きな仕事を控えているんだから、そういうのはそれが終わってからにして欲しい」

ルシラ殿下の護衛として、彼女の後ろに控えていたローレッタさんが苦言を呈する。

その苦言を受けて、ルシラ殿下もスッと王女然とした雰囲気に戻った。

「そうですね。悪ノリをしている場合ではありませんでしたね。——では、行きましょうか。オルンたちも立ち合いをお願いします」

気持ちを切り替えたルシラ殿下はそう言うと、椅子から立ち上がり、俺たちもそれに付いて行く。

◇　◇　◇

ルシラ殿下に付いて行くと、到着したのは簡素な謁見室のような部屋だった。

既に中には何人か居た。そこにはセルマさんやソフィーも居て、これから何が行われるのか察しがついた。

これから行われるのは、クローデル伯爵の断罪だろう。

部屋の中央には、クローデル伯爵とその夫人と思われる二人と、俺が殴り飛ばした男——確かアルドって名前だったはず——の三人が、膝をついて両手を拘束されている。

その部屋の最奥にある豪華な椅子に座ったルシラ殿下が、部屋に居る人物を見回してから口を開いた。

「全員揃《そろ》っていますね。では、早速始めましょうか」

ルシラ殿下の、拘束されながら跪《ひざまず》いている三人を冷酷な目で見下ろしているその表情は、為政者のものだった。

「貴方たち三人には、外患誘致の疑いが掛けられています。弁明はありますか？」

感情の一切ない冷淡な声で、三人に問いかける。

「ご、誤解です、殿下！　確かに娘を帝国貴族と婚姻させようとしたことは事実です。しかし、それはこの国を思ってのことで、帝国と何かを企《たくら》んでいたわけではありません！」

弁明の機会を得たクローデル伯爵が必死に声を上げる。

この国に於《お》ける外患誘致罪とは、貴族が他国と共謀して王国に多大な不利益をもたらした場合に適用されるもので、最上級に重い罪とされている。

だからこそクローデル伯爵は帝国と通じていたことを認めつつも、国に不利益を与えるつもりではないと主張した。

「そうですか。では、帝国貴族であるエルメト子爵とどのような約束を交わしていたのか、嘘偽《うそ》りなく述べてください」

ルシラ殿下の問いにクローデル伯爵は恐る恐る答える。

要約するとこうだ。

ソフィーの身柄を引き渡すことを条件に帝国は次の条件を飲む。

・ダルアーネにある迷宮を氾濫させないこと。
・帝国は戦争中にクローデル伯爵領を侵略しないこと。
・帝国が戦争に勝利した場合でも、この領地の自治は引き続きクローデル伯爵が行うこと。
……うん、完全にアウトだろ。特に最後のは、自己保身の象徴のようなものだ。

外患誘致罪が適用されなかったとしても、お家取り潰しになってもおかしくない。

「私はあくまで、この領地の民を危険から遠ざけるためにこれを決断したのです！　民の安寧を守ることこそが領主としての責務なのですから！」

「確かに、領主として民の安寧を守ることは大切な責務です。ですが、その守るべ、き、民であるソフィア・クローデルを帝国に差し出しておいて、領主の責務を全うしているなんて妄言が良く吐けたものですね」

「あ、アレは私の娘です！　私の娘なら――」

「ソフィア・クローデルは貴族ではありません。彼女は私たちが守るべき民の一人です」

この国の貴族は貴族院を卒業した者のみだ。貴族院を卒業していないソフィーは貴族の娘であるが、貴族ではない。

クローデル伯爵の言い分は筋が通っていないな。

それからもクローデル伯爵や夫人、アルドがそれぞれ言い訳がましく、自分たちの正当性を主張していたが、傍から聞いている俺には滑稽としか思えなかった。

「はぁ……。もう良《い》いです。貴方たちの弁明は聞くに堪えません」

ずっと話を聞いていたルシラ殿下が、大きくため息を吐《つ》いてから、ぴしゃりとした口調で三人に告げる。

「ま、待ってくだ――」

「リアン・クローデル、現時点を以《もっ》て貴方から伯爵位を剝奪します。残りの二人も合わせて沙汰は追って伝えますので、それまでは拘束させてもらいます。――三人を連れて行ってください」

ルシラ殿下が指示を下すと、彼女の護衛として控えていた《翡翠《ひすい》の疾風《はやて》》のメンバーが、三人をどこかへと連れて行った。

喚《わめ》き散らしていた三人が退室したことで、部屋に静寂が訪れる。

そんな静寂の中に再びルシラ殿下の声が響いた。

「マリウス、セルマ。私の前に来てください」

「「はっ！」」

声を掛けられたセルマさんとその兄であるマリウスさんが、返事をしてからルシラ殿下の前まで移動すると、その場で膝をついた。

「さて、貴方たちの父であるリアンは、貴族として踏み越えてはいけない一線を越えました。この罪は重いです。この国の法に則《のっと》るのであれば、家の取り潰し。そして、貴方たちも連座で罪を問われることになります」

ルシラ殿下が、クローデル元伯爵たちを追及していた時と同様、感情の乗っていない冷淡な声で淡々と述べ始める。

セルマさんたちの父親の罪は、守るべき民を他国に売ったこと、そして王国に背いたと言われても仕方のない密約を帝国と結んでいたことの二点が大きい。

それに加えて、他国の要人を危険に晒《さら》したことも重大だ。

結果的に要人に被害は及ばなかったものの、結果論で見逃すには犯した罪が大きすぎる。

ルシラ殿下の言っていることは、為政者としても正しい。

セルマさんもマリウスさんも同じ考えなのか、諦めたように落ち着いた表情でルシラ殿下の沙汰を待っていた。

そんな二人を見ながらルシラ殿下が表情に笑顔を浮かべると、

「――しかし、リアンの所業を知ってからの迅速な対応は称賛に値します。二人の対応が無ければ、他国の要人にもこの件が知れ渡っていたことでしょう」

先ほどまでと一転して、優しい声音で言葉を紡ぎ始める。

断罪されることを覚悟していたセルマさんたちであったが、そんなルシラ殿下の言葉を聞いて、信じられないと言わんばかりの表情で、ルシラ殿下を見上げる。

「マリウス・クローデル」

再び真面目な表情となったルシラ殿下が、マリウスさんに声を掛ける。

「……はい」

「貴方に問います。突然領主を失い混乱に陥るであろうこの地を統治し、今度はきちんと民を導いていく覚悟はありますか?」

「父の暴走を止められなかったのは、私の不徳の致すところです。その点に関しては申し開きはございません。ですが、もしも、もう一度私にチャンスを頂けるのであれば、この身を民に捧《ささ》げる覚悟で統治していく所存です」

ルシラ殿下の問いに、マリウスさんが覚悟の灯《とも》った瞳を真《ま》っ直《す》ぐに彼女へと向けながら、この場の全員に宣言するかのように力強く答えた。

マリウスさんの覚悟を聞いたルシラ殿下は満足げに頷《うなず》く。

「帝国と戦争中である我が国は、今後更に他国との連携を強めていかなくてはなりません。この地はより一層重要な地域になり、貴方にも重責がのしかかることでしょう。それでも貴方が潰れないことを期待しています」

「……お任せください。ルシラ殿下のご期待に沿えるよう努力いたします」

「それでは、現時点を以てルシラ・N・エーデルワイスの名のもと、マリウス・クローデルにはダルアーネの領主の任を与えます」

「謹んで拝命いたします」

「セルマ、貴女《あなた》も罪に問うことはしません。マリウスの補佐としてこの地の統治に力を貸しても、探索者に戻っても構いませんよ。当然、私の元に来て下さるなら大歓迎です」

「……寛大なお心に感謝申し上げます。この地は兄一人でも問題なく統治できるものと考えておりますので、私は再び探索者として、この国に貢献していく所存です」

「わかりました。《夜天《やてん》の銀兎《ぎんと》》には個人的にも期待しています。これからもよろしくお願いしますね」

「はい、お任せください」

こうして、ソフィーとセルマさんの父親が伯爵位を剝奪され、彼女たちの兄であるマリウスさんが領主となることで丸く収まった。

ソフィーもセルマさんも、引き続き探索者として活動できるようだし、めでたしめでたしだな。

——と思っていると、

「最後に、ソフィアさん」

ルシラ殿下がソフィーに声を掛けた。

「は、はいっ！」

自分に声がかかるとは全く思っていなかったただろうソフィーが、ルシラ殿下から声を掛けられ、悲鳴にも近い返事をする。

「この度は我が国の貴族が大変失礼なことをしました。王室の監督不行き届きが招いたことです。申し訳ありません」

公の場ということで、頭こそ下げていないが、ルシラ殿下の声は心から謝罪しているとわかるものだった。

「い、いえっ、あの、私はこうして無事に帰ってこられましたし、その、気にしないでくださいっ！　私も、もう気にしていませんのでっ！」

ルシラ殿下の謝罪に対して、ソフィーは居心地の悪さや焦りで動揺しながらも、謝罪を受け入れる。

「……そう言っていただけると有難《ありがた》いです。貴女の境遇については聞いています。今回の一件のお詫《わ》びというわけではありませんが、貴女が望むのであれば、今からでも貴族院に入れるよう手配することもできますが、いかがでしょうか？」

ソフィーはルシラ殿下の提案を聞いて目を白黒させていた。

貴族院を卒業していないソフィーは貴族ではない。

しかし、彼女が貴族院に入って無事に卒業できれば、名実ともに貴族の仲間入りだ。

彼女の将来も大きく開かれることになるだろう。

戸惑っているソフィーが、助けを求めるように俺の方へと視線を向けてきた。

俺はソフィーの背中を押すように、いつもの笑みで彼女に頷く。

——どんな選択をしようとも、俺はソフィーの選択を尊重する、と。

そんな俺を見て、ソフィーから戸惑いの色が消えた。

ソフィーがルシラ殿下に向き直ってから口を開く。

「ルシラ殿下、私を慮《おもんぱか》ってくださりありがとうございます。大変魅力的ではありますが、辞退させていただきます。私は既に自分の居場所を見つけていますので」

王女相手にはっきりと自分の意見を伝えるソフィーの姿を見て、俺は感慨深く思った。

彼女と出会ったときは、人見知りで消極的な子だった。

しかし、今のソフィーにはそんな面影はなく、堂々としている。

また一つ、弟子の成長を見ることができた。

そんなソフィーを見て、ルシラ殿下も嬉しそうに目を細めると、口を開いた。

「ふふふっ。そうですか。貴女から居場所を取り上げることはできませんね。わかりました。何か困ったことがありましたら、私を訪ねてくださいね。力になるとお約束します」

「はい。ありがとうございます」

◇

「あ、ソフィー！　ししょー！」

俺たちを見つけたキャロルが、声を上げながらこちらに駆け寄ってくる。その後ろにはログとルーナも居た。

クローデル元伯爵の断罪が終わったところで、俺はソフィーと一緒に《黄昏《たそがれ》の月虹《げっこう》》のメンバーと合流した。

セルマさんは事後処理があるらしく、フウカとハルトさんも別の用件があるということで、三人はこの場には居ない。

「……キャロル、大丈夫か？」

普段のキャロルとあまり変わらない雰囲気であったため、つい聞いてしまった。

俺たちがダルアーネにやってきたところで、キャロルの兄姉であるルエリアとフレデリックは領邦軍によって勾留されている状態だ。

確かにルエリアたちは今回の一件の重要参考人であることは間違いないし、教団の内情にも詳しい人物であるため、勾留されてしまうことは仕方ない。

だけど、キャロルには思うところがあるはずだ。

「んー？　お姉ちゃんたちのこと？」

キャロルの問いかけに頷くと、

「それなら大丈夫だよ～。さっきまでお姉ちゃんたちと話してたんだ！　酷《ひど》いことはされていないみたいだし、あたしはお姉ちゃんたちの味方だけど、二人に罪があることはわかってるから。そのことでとやかく言うのは、やっぱり違うしね！」

彼女は相変わらず明るい表情で、あっけらかんと答える。

「そうか」

「あたしのことより、ソフィーのことだよ！　ソフィーたちのお父さんが処分されるって聞いたけど、ソフィーは大丈夫なの？　貴族は連座だっけ？　家族も責任を取らないといけないんでしょ？」

キャロルだけでなく、ログとルーナも気にしているようで、全員の視線がソフィーに集まる。

「うん、大丈夫だった。王女様のご厚意でね、私たちはお咎《とが》め無しだって」

ソフィーが晴れ晴れした表情で、連座となることは無かったと伝える。

「そっか、良かった」

「はい。本当に」

それを聞いたログとルーナが安堵《あんど》の声を漏らす。

「じゃあさ、じゃあさ、ソフィーはこれからも探索者を続けられるの……？」

期待するような眼差《まなざ》しでキャロルが問いかける。

「うん。みんなさえ良かったら、また《黄昏の月虹》の一員として探索者を続けたい、かな」

ソフィーが恐る恐るといった感じに言葉を紡ぐ。

「そんなのモチロンだよ～！　また一緒に大迷宮攻略目指してがんばろーね、ソフィー！」

そう言ってキャロルはソフィーを抱きしめる。

うーん、ソフィーの顔がキャロルの豊満な胸に埋もれてしまっていて、ソフィーが「く、苦しい……」と言っている光景は、男の俺としては反応に困ってしまう。

「ふふっ、結果論ですが、今回の一件は私たち全員の成長に繋《つな》がったと思いますし、ソフィーがそこまで気に病む必要はありませんよ。これからもよろしくお願いしますね」

そんな二人の絡みを微笑《ほほえ》ましそうにしながら、ルーナも歓迎の言葉をソフィーに掛ける。

「……こほん。もうソフィーの居ない《黄昏の月虹》なんて、考えられないからな。――おかえり、ソフィー」

最後に顔を赤らめていたログが、咳払《せきばら》いして気持ちを切り替えると、彼もソフィーに言葉を掛ける。

「うん、ただいま！」

《黄昏の月虹》の全員が笑顔でいる光景を見て、俺はホッとしていた。

ソフィーがダルアーネに連れ去られたことや、帝国貴族との婚姻が決まったと聞いたときはどうなるかと思ったが、最終的にはこうして全員で笑い合うことができている。

ルーナが言った通り、今回の一件は俺にとっても更に成長することのできるものだったと思っている。

それでもまだまだ届かない敵もいるようだし、もっともっと強くならないとな。

◇

「それじゃあ、キャロルの成人祝いとソフィーの婚約破棄を祝して、乾杯！」

「「「かんぱーい！」」」

ログが乾杯の音頭を取ると、ソフィーたちが続いて、酒の注がれたコップを軽くぶつけ合っていた。

……しかし、『婚約破棄を祝して』ってなんだ……？　いや、間違ってはないけども。

ログの発言に引っかかりを覚えたが、キャロルやルーナ、当人であるソフィーが全く気にした様子が無かったため、本人が気にしてないなら良いかと考え、俺も乾杯に混ざる。

先ほどログが言った通り、三月を過ぎているため、キャロルも成人となった。

そのため、今回の慰労も兼ねて、ささやかながら五人でパーティーをすることと相成った。

「…………おぉ～、これがお酒か～！」

初めて酒を飲んだキャロルが目を輝かせながら、感慨深そうに呟く。

「キャロル、どうですか？　初めてのお酒は」

そんなキャロルにルーナが問いかける。

「んー、よくわかんない！　でも、こーやってみんなでまた一緒に過ごせて嬉しいよ！」

そう言うキャロルは、彼女らしい天真爛漫《てんしんらんまん》な笑顔で、誰が見ても嘘偽りないとわかる表情だった。

「……みんな、改めてになるけど、心配をかけてごめんね。みんながダルアーネまで来てくれて、本当に、泣きそうになるくらい、嬉しかった」

続いてソフィーが顔を伏せがちに話し始める。

「みんなに心配かけちゃったことは申し訳なく思うけど、今考えると、今回の一件は自分を見つめなおす良いきっかけになったと思う。今は誰が相手でも、私はこれからもここに居るみんなと一緒に探索者を続けるってはっきり言えるもん」

「あたしもソフィーがダルアーネに来てくれたおかげで、お姉ちゃん、お兄ちゃんと仲直りすることができたから、あたしにとっても良いきっかけになったよ！」

「そうだな。それに僕たちにとって因縁の相手ともいえる黒竜と戦い、そして勝利することもできたんだ。だから、ソフィーが必要以上に背負い込むことはないよ」

「んー、黒竜に勝てたのは嬉しいけど、やっぱりあの戦いはルゥ姉の力が大きかったよね～。あたしは最後しか活躍できなかったし、あたし自身は遠距離戦や空中戦が課題だなって思った！　ねぇねぇしししょー、あたしが遠距離戦でも空中戦でも戦える良い方法ってある？」

キャロルが自分の黒竜戦における反省点をピックアップして、アドバイスを求めてきた。

《黄昏の月虹》がどのように黒竜と戦ってきたのかについては既に聞いている。

ルーナが全力を出していたため、彼女の力が大きかったことは否めないが、それでも《黄昏の月虹》の全員で掴《つか》み取《と》った勝利であることには変わりない。

「そうだな。遠距離戦についてはやはり魔術方面の練度を高めていく必要があるだろうな。これは一朝一夕での成長は見込めないからコツコツ積み重ねていかないといけない」

「やっぱりそうだよね〜。うん、もっと頑張らないと！」

「だけど、空中戦についてはある程度近道ができると思うぞ」

「え、それって、どーゆー意味？」

「ログには【重ね掛け】を、ソフィーには【増幅連鎖《レイズ・リピート》】を、それぞれ成人祝いとしてプレゼントしているからな。キャロルにも俺のオリジナル魔術をプレゼントしようと思っていたんだ。本当は食事の後にと思っていたが、ちょうどいいから今渡してもいいか？」

そう言いながら、術式を記載した紙を封入した封筒を取り出す。

「え!? ホントにっ!? わーい！ ししょー、ありがと〜！」

キャロルが狂喜乱舞しそうな勢いで、全身を使って喜びを表現していた。

「ねぇねぇ、今見てもいい!?」

「あぁ、いいぞ。料理とか酒で汚さないように注意しろよ」

待ちきれないと言わんばかりのキャロルを見て、俺は苦笑しながら許可を出す。

「んー……、難しい……。これ、あたしに扱えるかな……？」

封を開けて、紙に描かれている術式を眺めたキャロルが弱音を吐いた。

「魔術の行使に必要なのはセンスもだが、反復練習による慣れが何よりも重要だ。すぐに扱えないとしても、キャロルならいつか使いこなせると思っている」

「ししょー、ありがとう。これが使いこなせるように練習頑張る！　ちなみに、これって何て言う魔術なの？」

「魔術の名称は【反射障壁《リフレクティブ・ウォール》】だ」

「え、それって、攻撃やモノを跳ね返したり、足場にしてぴょんぴょんしたりできるやつ⁉」

「あぁ、そうだ。それを使えば、キャロルの求めている空中戦の基幹になるだろう。空中機動は相応の身体能力を必要とするが、お前の身体能力ならその基準を優に超えているだろうし、問題なく空中戦も可能だと思うぞ」

「お～！　俄然《がぜん》やる気になってきた！　あたし、絶対これをものにしてみせるよ！」

「期待しているぞ」

キャロルはルエリアとの戦いの過程で氣《き》の操作の感覚を摑《つか》んだと聞いている。

氣の操作を応用することで、俺はそれを防御に転用しているが、使い方次第では俺が良く使っている魔力の足場のようなものを氣でも再現できるとフウカから聞いている。

今ですら、高速機動が可能なキャロルがそれまで習得すれば、三次元的な動きも可能になり、接近戦に於《お》いては手の付けられない存在になるかもしれない。

まぁ、ともかくこれで弟子たちには、それぞれ俺のオリジナル魔術を伝授することができた。

弟子たちに伝えている魔術は完成しているものだが、改良の余地もあると思っている。

俺の伝えたオリジナル魔術が弟子たちの手によってさらなる進化を遂げることを期待せずにはいられない。

「…………ぷはぁっ！　店員さんもう一杯くださ～い！」

キャロルが、上機嫌にコップに半分ほど残っていた酒を一気に飲み干すと、すぐに店員におかわりを注文していた。

「お、おい、キャロル、そんなバカみたいに飲んで酔い潰れても知らないぞ？　潰れなくても二日酔いになるかもしれないんだし、初めてなんだからペースを落とした方が……」

そんなキャロルを心配してログが注意を入れる。

「んー、多分大丈夫だと思うよ。だってほら、あたしは【自己治癒】って異能があるわけだしね～。頭痛なんて怖くないも～ん！」

「ぐっ……、なんだそれ、ズルいぞ！　僕だって二日酔いしない体質が良かったのに……！」

キャロルが異能のお陰で二日酔いの心配が無いと告げると、ログは忌々《いまいま》しげな表情で理不尽を呪っていた。

それにしてもこうやって冗談交じりに【自己治癒】について触れられているところを見ると、キャロルの自分の異能に対する認識は少なからず好転しているということだろう。

それだけでも、俺としては凄《すご》く嬉しいことだ。

「えー……、そんなこと言われても……」

「ログはたまに二日酔いで潰れていますものね」

ログの愚痴にキャロルが戸惑っていると、苦笑いをしながらルーナが会話に入った。

「先輩たちみんな酒強すぎるんだよ！　先輩たちはいずれ慣れるなんて言ってくるけど、全く慣れる気がしないし……」

「んー、断ればいいんじゃないの？」

「翌日が探索のときは断っているよ。でも、先輩たちの話はためになることも多いし、そもそもそういった飲み会は楽しいから、それ自体には不満もないんだ」

ログは《夜天の銀兎》に所属している他の団員たちからかなり気に入られていて、定期的に飲みに誘われているらしい。

確かに探索者には酒豪みたいなやつが多い。

ログは別に酒に弱いというわけではなさそうだが、酒豪連中のペースに合わせて飲んでいれば、二日酔いになっても仕方ないな。

……にしても、ログも俺と出会ったばかりの生意気だった様子からは、想像が付かないくらい変わったよな。

今のログは礼儀正しいし素直だ。

諸先輩たちに可愛《かわい》がられる理由も良くわかる。

「だったら、自分で酒のペースを見極めるしかないな。そこは他の人たちの言う通り、慣れの部分もある」

ログを慰めるように、アドバイスをする。

「……師匠は、酔い潰れたり二日酔いになったりというイメージはありませんが、どうなんですか？」

「まぁ、そういったことは無いな。限界まで飲んだことが無いというのもあるが、俺の場合、《黄《おう》金《ごん》の曙光《しょこう》》に居た頃は、酒を飲む相手がスポンサーであることが大半だったから、体内に入れたアルコールを即分解するオリジナル魔術を使っていたし」

「なんですか、その羨ましい魔術は！　僕もその魔術開発したいので、ヒントください！」

アルコールを分解するオリジナル魔術を話題に出すとログが食いついた。

「それは構わないが、あまりお勧めしないぞ？」

「え、何でですか？」

「想像してみろ、酔っぱらっている集団の中で自分だけ素面《しらふ》なんだ。どうしても温度感が違うから完全には楽しめなくなる可能性が高いだろ？」

「うっ……。確かに自分だけ素面というのは、微妙ですね……」

「ねぇねぇ、ソフィーは普段お酒飲んでいるの？」

「私は、たまに、かな。お姉ちゃんがお酒好きだから、それに付き合って飲みに行ったことが何度かあるよ。一人では飲まないかなぁ」

俺とログで会話をしていると、女性陣も会話に花を咲かせていた。

そんなこんなで、俺たちは久しぶりに楽しい時間を共有した。

ツトライルを発《た》ってからこれまで息抜きをすることはあっても、完全に気持ちを切ることはできないでいたが、今日は《黄昏の月虹》と何の憂いも無く楽しい時間を過ごすことができた。

明日、俺たちはセルマさんやフウカ、ハルトさんを連れてツトライルに帰還する予定だ。

今は、再び《夜天の銀兎》の探索者として行う大迷宮の攻略が楽しみでしょうがない。

エピローグI　夜闇の密会

ソフィアの婚姻騒動から始まった今回の一件の事後処理や他国の要人へのフォローなど、やるべきことを終えたルシラ・N・エーデルワイスは、クローデル家の庭園で花を愛《め》でながら人を待っていた。

◇　◇　◇

そんな彼女に一つの人影が近づいてくる。

待ち人が来たことを察したルシラが、花から彼女に近づいてくる人影へと視線を移して口を開いた。

「お待ちしておりました。ここまで足を運んでくださり、ありがとうございます。——フ、フ、フウカ様」

ルシラが挨拶とともにスカートの裾をつまみ上げながら膝を少し曲げて、やってきたフウカへ敬意を表した。

「……様付けは要らない。今の私は国を追われた敗者に過ぎないから。でも私は敬語が苦手だから、口調はこれでいい？」

「はい。問題ありませんよ。では私も貴女《あなた》のことはフウカと呼ばせていただきますね」

「構わない。……じゃあ早速本題だけど、私からの要求は二つ。一つ目はルエリア・イングロットとフレデリック・イングロット。この二人の身柄をこちらに引き渡してほしい」

「…………わかりました。あの二人の身柄はそちらにお引き渡しします。それで二つ目の要求は何でしょうか？」

「オルンをヒティア公国に連れていく。ルシラには、そのための大義名分を作って欲しい」

フウカがそう要求をすると、それを聞いたルシラは表情が硬くなる。

「……やはり、それが目的で各地の迷宮攻略を引き受けたのですね」

「うん。想定よりも教団の行動が早かったから、どうオルンを誘導しようか迷っていたけど、タイミング良くルシラから迷宮攻略の依頼があったから、利用させてもらった」

「貴女は――いえ、ヒティア公国は一体、何を企《たくら》んでいるのでしょうか？」

「それはルシラが知っても意味のないこと。これは、今回の戦争で王国がヒティア公国の援助を受ける条件なんだから、そっちに拒否権は無いよ」

ルシラは周辺諸国の連合軍を組織すると同時に、大陸中央部の魔術大国であるヒティア公国にも助力を要請していた。

そして、それに対してヒティア公国は、『フウカの要求を飲むのであれば、王国を支援する』という回答をした。

そして、その要求が、前述の二点であった。

「……わかりました。オルンをヒティア公国に向かわせるための理由を考えます」

元々ルシラはフウカの目的をある程度察していた。だからこそ、フウカの要求に驚きはない。

しかし、今や『王国の英雄』として祭り上げられているオルンが他国に行ってしまうことに対する国の混乱は決して小さくない。

そのことを考えるとルシラは頭が痛くなってくる。

探索者は戦場に出ないことになっているが、それでもオルンが居るか居ないか、それは国の中枢や戦う者、国民の心情に影響を与えかねない。それほどまでにオルンの存在感はこの一年で大きくなっていた。

「そう言ってくれると助かる。私も事を荒立てたくないから。それと一つ質問してもいい？」

「……なんでしょうか？」

「あんまり驚いていないようだけど、私の要求について事前に知っていたの？」

「ある程度は察していましたよ。帝国の裏に《シクラメン教団》が居ることは間違いないでしょうし、その教団と真正面から対立している《アムンツァース》の裏にはヒティア公国がありますからね。いえ、かの組織は、ヒティア公国そのものといった方が適切でしょうか」

「……驚いた。この国はそこまで摑《つか》んでいるんだ」

ルシラの発言を聞いたフウカが珍しく目を見開く。

「いえ、国は知りません。これは私個人で、《シクラメン教団》や《アムンツァース》が引き起こした事件の状況証拠と、ヒティア公国の動きを分析して導き出した結論です。決定的な証拠が無いので、今まで誰にもこのことを話していません。あぁ、今後も誰にも明かすことはしませんのでご安心ください」

ルシラは幼少のころから天才と呼ばれていた。

貴族院でも歴代最高の成績を叩《たた》き出《だ》し、未《いま》だにその記録は破られていない。

彼女を天才たらしめているのが、ずば抜けた情報の分析能力と解析能力だ。

国の中枢に居る彼女は、国内で起こっている問題や事件、各国の動きを前に、その能力を遺憾なく発揮して、これまでにも様々な事実を言い当てている。

その功績は全て彼女の兄である王太子に譲ってきたため、その事実を知る者は少ないが。

「ルシラの危険度は見直す必要があるね」

「できることなら、これからも良《い》いお付き合いをしたいのですが」

警戒心を強めるフウカに対して、ルシラは真意が読めない笑顔を向ける。

「食えないね」

「ふふっ、誉《ほ》め言葉として受け取っておきます」

「話はここまでにしておく。それじゃさっきの件、よろしくね」

フウカが話を切り上げて、彼女の要望について釘《くぎ》を刺す。

「はい、わかりました。明日までに手配を済ませておきます」

ルシラの返答を確認したフウカは、ルシラの元を去っていく。

「…………やはり、この先に待っているのは、オルンを筆頭とした《アムンツァース》と、ベリア・サンスを筆頭とした《シクラメン教団》の激突ですか。……ですが、その前に私は帝国との戦争をどうにかしないといけませんね。──全く、平和な世というのは、すごく遠いですね」

フウカの背中を眺めながら、ルシラは独自に集めた情報から導き出した答えを呟《つぶや》いていた。

エピローグⅡ　月華の下で

◇　◇　◇

キャロルの成人祝いとソフィーの婚約破棄祝い（？）が終わってから暫《しばら》く経《た》ったところで、俺はソフィーの呼び出しを受けて、クローデル家の屋敷《やしき》のバルコニーへとやってきた。

ちなみに俺たちはマリウスさんの厚意でクローデル家の屋敷の一室に泊めてもらえることになっている。

「あ、オルンさん、こんばんは！　すみません、こんな遅い時間に呼び出してしまって」

俺がバルコニーに到着すると、そこで月を見上げていたソフィーが俺に気づき、声を掛けてきた。

「全然構わないよ。それにしてもソフィーは本当に月が好きなんだな」

「そうですね。月は《夜天《やてん》の銀兎《ぎんと》》のモチーフですし、やはり、見上げていると力を貰《もら》えるような気がするので」

そう言うソフィーの表情はすごく明るいものだった。

「……実は私、さっきまでお兄ちゃ――あ、マリウスさんと話をしていたんです。彼ときちんと話をしたのは生まれて初めてだったかもしれません」

「……そうだったのか。彼のことを『お兄ちゃん』と呼んでいるということは、マリウスさんと和解ができたのか？」

「はい。私はずっとお兄ちゃんに嫌われていると思っていました。でも、お兄ちゃんと話をして、実は助けられていたと分かったんです」

それからソフィーはマリウスさんと話したことを教えてくれた。

実際のマリウスさんは、情の深い人物であったらしい。

彼はセルマさんと良い兄妹《きょうだい》関係を築けていたそうで、ソフィーとも同様の関係を築きたかったらしいが、環境がそれを許してはくれなかった。

マリウスさんとセルマさんの実母は元伯爵夫人であるが、ソフィーの実母は使用人で、尚且《なおか》つ出産時に亡くなってしまっている。

血統主義のきらいがある元伯爵夫人は、クローデル伯爵家に平民の血が入ったことを面白く思っていなかった。

そんな状況でマリウスさんまでソフィーと仲良くしていたら、更にソフィーの立場が悪くなると考えて、彼は無関心を貫くとともに、両親の負の感情がソフィーに向かないように水面下で動いていたらしい。

「……私は、自分の家族がお姉ちゃんしかいないと思っていましたが、それは違いました。私は生まれた時から、お姉ちゃんだけじゃなくて、お兄ちゃんともきちんと家族でした。それがようやくわかって、今はすごく幸せな気持ちです！　私の居場所も帰る場所も《夜天の銀兎》ですが、もう一つ、そんな場所ができました」

「それは、良かったな」

「はい！」

俺にはもう家族が居ないから、家族との付き合いというものがいまいちピンと来ていない。だけど、家族が居るのに疎遠になっているというのも、それはそれで辛《つら》いものだろうことは察しが付く。

だからこそ、ソフィーが兄と和解できて本当に良かったと思う。

「それで、ですね。オルンさんに来てもらったのは、お伝えしたいことがあったからなんです」

「俺に伝えたいこと……？」

ソフィーの言葉の真意がわからず、オウム返しをしてしまうと、彼女は一つ頷《うなず》いてから口を開いた。

「オルンさんが私たちの師匠になってくださった日、オルンさんは私たちに質問しましたよね？『私たちの夢や目標を教えて欲しい』、と」

「あぁ、聞いたな。よく覚えているよ。俺の質問に対して、ソフィーは『夢や目標を見つけるために探索者になった』と答えてくれた。……今この話をしているということは、夢や目標が見つかったということか？」

「はい。見つかりました。――私は、夜を照らす月のように、みんなを照らせる人になりたいです」

俺の問いかけにソフィーは満面の笑みで答える。

「……私やキャロルのように、過去に辛い経験をしている人は多くいると思うんです。それに、これから王国と帝国の戦争が激しくなれば、今の子どもやこれから生まれてくる子たちには、厳しい環境が待っているかもしれません。そんな人たちの闇を祓《はら》って、そして導ける存在になりたいです」

「人を導く立場になりたい、か。立派な夢だな。でも、その分大変な道のりだぞ」

「はい。わかっている、つもりです。でも、もう決めました。そのためにも私はもっと強くなります。心も体も。そして、オルンさんやお姉ちゃんを追い越してみせます！」

ソフィーがまっすぐな目を俺に向けてくる。

その目は、出会った頃の彼女からは想像できないものだ。

先ほどルシラ殿下相手に自分の気持ちを伝えていた時といい、もうソフィーは自分ひとりで進めるだけの力を持っている。

俺の力なんていらないくらい、な。

それは寂しくもあるが、やはり喜ぶべきことなんだろう。

「言うようになったな。簡単には追い越させないからな？」

「そうじゃなきゃ追いかける甲斐《かい》がありませんし、むしろ望むところです！」

煌々《こうこう》と照る月の下で笑う彼女の表情は、俺が見てきた中で一番晴れ晴れとしたものだった――。

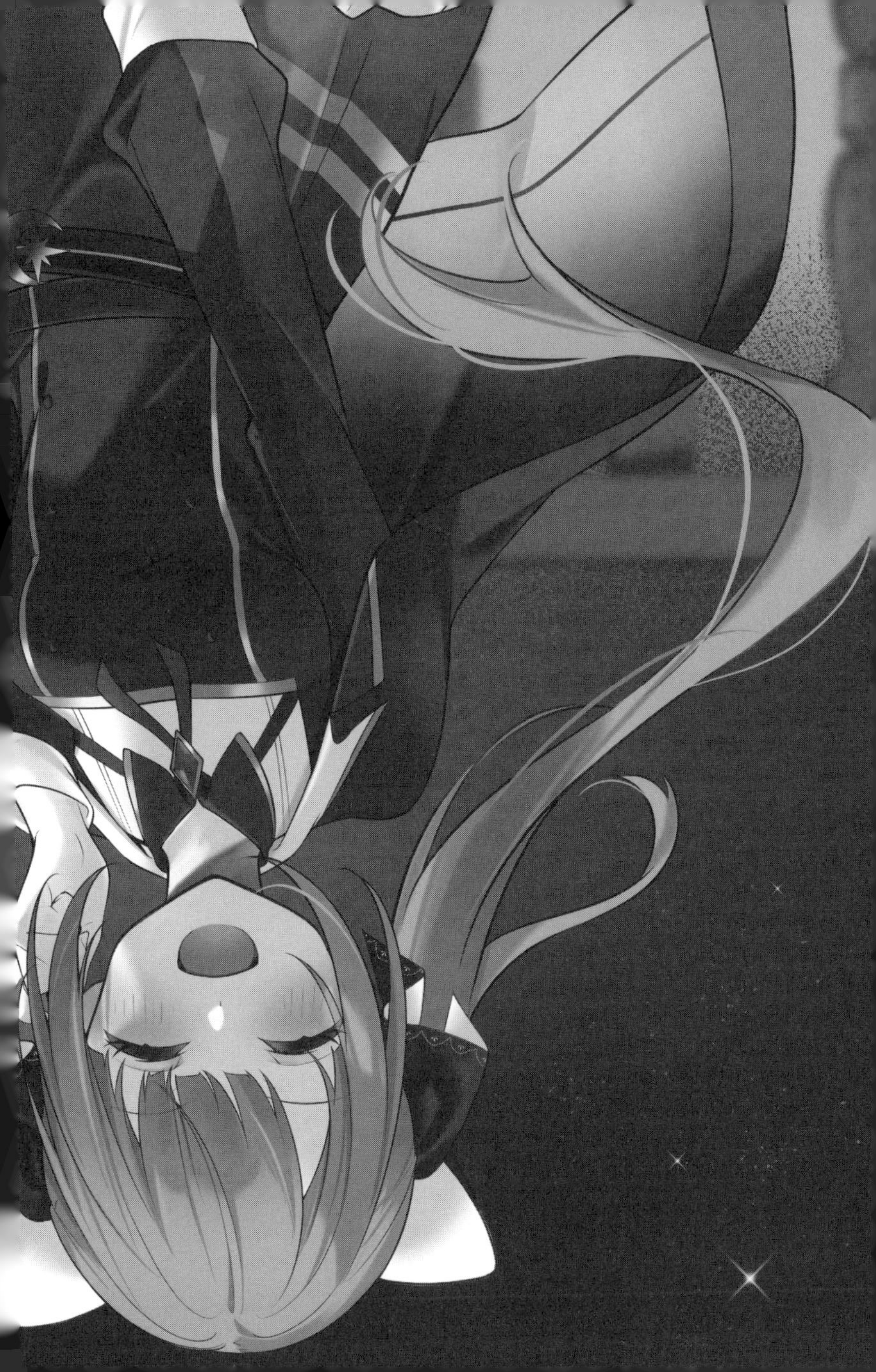

あとがき

お久しぶりです。都神《とがみ》です。

本書をお手に取って頂きありがとうございます。

第六巻は如何《いかが》だったでしょうか。

多少なりとも読者様の感情を揺さぶることができたのであれば、とても嬉しく思います。

第六巻では第一巻から登場しているソフィアとキャロラインに、改めてスポットライトを当ててみました。

本作のストーリーや登場人物を構想していた際、実はこの二人は主人公のオルンよりも先に誕生していたキャラクターたちでした。

そして、第六巻の内容であるソフィアの婚約騒動やキャロラインと兄姉の和解については、二人の設定を考えていた時に最初に思い浮かんだエピソードだったということで、個人的に思い入れのあるものでした。

当然、他のキャラクターの登場やその後に決めたストーリーラインによって、当時思い描いていたものと全く同じ展開ではありませんでしたが。

過去のあとがきでも書いていた通り、書籍化のお話をいただいた頃から、自分の中では第三巻を区切りと考えて執筆していました。

そのため今回のエピソードを書くことは無いのだろうなと思っていましたが、実際にはこうして執筆することができて、尚且つ書籍として世に出すことができたのは、読者様に応援いただけているお陰です。

改めてお礼申し上げます。

また帯にも書かれていた通り、本シリーズが累計二〇〇万部を突破しました！

数字が大きすぎて現実感が無いというのが正直な思いです。

もう本当に、書籍のイラストとキャラクターデザインを引き受けてくださったきさらぎゆり先生、コミカライズ版を描いてくださっているよねぞう先生のお二方には頭が上がりません（笑）。

そんな絶好調の本シリーズのコミカライズ版ですが、二〇二三年十二月時点で第九巻まで好評発売中です！

登場する人物全員が、格好良く、そして可愛く描かれております！

『水曜日のシリウス』様にて毎週月曜日に連載されておりますので、コミカライズ版の方もよろしくお願いいたします！

以降、謝辞となります。

きさらぎゆり先生、毎度のことながら素敵なイラストを描いてくださりありがとうございます！　どのイラストも最高でしたが、セルマたちの口絵が眼福でした！　それとムスッとしているフウカが可愛かったです！

担当編集の庄司《しょうじ》さん、最近は恒例になってしまっていますが、今回も初稿から大幅な改稿となってしまったにもかかわらず、最後までお付き合いくださりありがとうございました！　おかげさまで、満足のいくかたちにすることができました！

その他にも本書の刊行にご尽力くださったすべての方々に感謝申し上げます。

最後に読者様にも心よりの感謝を。本書をお手に取ってくださりありがとうございました！

今後も読者様のお目にかかれることを祈っております！

都神《とがみ》　樹《いつき》

あとがき
6巻発売おめでとうございます！
兄弟姉妹愛が尊い……！
そしてこれからの展開がどうなっていくのか
気になります！
学パロが
とても似合いそう…！
Buri

勇者パーティを追い出された器用貧乏
～パーティ事情で付与術士を
やっていた剣士、万能へと至る～

ニコニコ漫画
「水曜日のシリウス」にて、
コミカライズ
好評連載中!!
コミックス
1巻～9巻
発売中!!
漫画：よねぞう　原作：都神樹　キャラクター原案：きさらぎゆり

Kラノベブックス

勇者《ゆうしゃ》パーティを追《お》い出《だ》された器用貧乏《きようびんぼう》6
～パーティ事情《じじょう》で付与術士《ふよじゅつし》をやっていた剣士《けんし》、万能《ばんのう》へと至《いた》る～

都神樹《とがみいつき》

2023年12月26日第1刷発行

発行者	森田浩章
発行所	株式会社 講談社 〒112-8001　東京都文京区音羽2-12-21
電　話	出版　(03)5395-3715 販売　(03)5395-3605 業務　(03)5395-3603
デザイン	ムシカゴグラフィクス
本文データ制作	講談社デジタル製作
印刷所	株式会社KPSプロダクツ
製本所	株式会社フォーネット社

KODANSHA

ISBN978-4-06-534477-4　N.D.C.913　223p　19cm
定価はカバーに表示してあります

ファンレター、
作品のご感想を
お待ちしています。

あて先
〒112-8001　東京都文京区音羽2-12-21
(株) 講談社　ライトノベル出版部 気付
「都神樹先生」係
「きさらぎゆり先生」係

味方が弱すぎて補助魔法に徹していた宮廷魔法師、追放されて最強を目指す1～4

著:アルト　イラスト:夕薙

「お前はクビだ、アレク・ユグレット」
それはある日突然、王太子から宮廷魔法師アレクに突き付けられた追放宣告。
そしてアレクはパーティーどころか、宮廷からも追放されてしまう。
そんな彼に声を掛けたのは、４年前を最後に別れを告げたはずの、
魔法学院時代のパーティーメンバーの少女・ヨルハだった。
かくして、かつて伝説とまで謳われたパーティー“終わりなき日々を《ラスティングピリオド》”は復活し。
やがてその名は、世界中に轟く――！

真の聖女である私は追放されました。だからこの国はもう終わりです1～5

著:鬱沢色素　イラスト:ぷきゅのすけ

「偽の聖女であるお前はもう必要ない！」
ベルカイム王国の聖女エリアーヌは突如、
婚約者であり第一王子でもあるクロードから、
国外追放と婚約破棄を宣告されてしまう。
クロードの浮気にもうんざりしていたエリアーヌは、
国を捨て、自由気ままに生きることにした。
一方、『真の聖女』である彼女を失ったことで、
ベルカイム王国は破滅への道を辿っていき……!?